나태주 대표시 선집

나태주

1945년 충남 서천에서 출생하여 1960년 초등학교 교사가 되는 공주사범학교에 입학하며 운명적으로 시를 만났다. 집안 내력에 문사적 기질이 있는 것도 아니고 다만 사모하는 여학생에 대한 감정을 어떻게 표현하면 좋을까 궁리하다가 시를 만난 것이다. 그 시절 신석정과 김영랑, 김소월의 시를 읽고 청록파 3인 박목월, 박두진, 조지훈 등 시인들의 시를 만나 많은 도움을 얻었으며, 「한국 전후 문제 시집」은 좋은 교과서가 되었다.

군 제대 후 교사로 복직하면서 다시 한 여성을 만나 호되게 실연의 고배를 마시고 비틀거리다가, 그 비애감을 표현한 시 「대숲 아래서」로 1971년 서울신문 신춘문예에 당선되었다. 심사위원은 소년 시절 좋아했던 박목월, 박남수 두 분이었다.

첫 시집 「대숲 아래서」 이후, 「틀렸다」까지 38권의 창작시집을 출간했으며 산문집, 시화집, 동화집, 선시집 등 100여 권을 출간했다.

받은 문학상 가운데는 흙의 문학상, 현대불교문학상, 박용래문학상, 편운문학상, 시와시학상, 시인협회상, 정지용문학상, 공초문학상, 유심작품상 등이 있고 공주풀꽃문학관을 운영하고 있다.

이메일 tj4503@naver.com

나태주 대표시 선집

걱정은 내 몫이고 사랑은 네 차지

나의 소임은 여기까지다

무엇보다도 소중한 것은 인생이고 감사한 일은 사랑.

어찌 오랜 세월 한 번만의 사랑을 허락했을까.

여러 차례의 사랑과 망설임과 좌절과 실패가 거기에 있었을 것이다.

허지만 이제 그 소중한 인생도 기울고 안타까운 사랑도 갔다.

다만 인생의 증표와 흔적처럼 몇 편의 시가 남았을 뿐.

시인은 죽어서 세상에서 사라진다 해도 시가 남아서 시인의 목숨을

계속 이어갈 것이다.

이것은 내 나름대로의 믿음.

나의 시 안에서 나의 인생은 잃어버린 생명력을 찾고 사랑은 여전히

현재진행형이 될 것을 믿는다.

시권재민(詩權在民).

시를 살리는 힘이 독자에게 있다는 뜻으로 내가 지어낸 말이다.

독자와 더불어 조금이라도 오래 나의 시가 세상에 남기만을 바랄 뿐

이다.

나의 소임은 여기까지다.

2017년 여름

나태주

| 실은 순서

걱정은 내 몫이고
사랑은 네 차지

악수

가을 늦은 저녁이 주름진 손을
보여주면서 말했다
처음부터 내 손이 이렇게 주름이 많고
상처투성이인 것은 아니었단다
나에게도 예쁘고 사랑스러운 때가 있었지
다만 한낮의 눈부신 햇빛과
오후의 산들바람과 아침의 새소리가
나를 이렇게
볼품없는 모습으로 바꾸어놓았단다
알았어요 알았어요
소년은 눈물을 글썽이며
가을 늦은 저녁의 손을 마주 잡았다

그것은 60년도 훨씬 넘는 옛날의 일이었다.

(2017)

변명

귀가 작은 여자아이가 보고 싶다
눈이 작은 여자아이가 보고 싶다
코가 작은 여자아이가 보고 싶다
그러나 입술이 조금 크고
붉은 여자아이를 보고 싶다

실은 이것은
네가 보고 싶다는 말이다.

(2017)

봄, 그리고

봄이란 것이 있었다
징검다리 두엇
잠시 머물렀다 가는 오두막집

좋아하는 사람이 생겼을 때
말할까 말까
가슴만 두근거릴 뿐
더러는 하고 싶은 말들도
목구멍으로 삼킬 때

사람의 몸에서도 꽃이 피어나고 잎이 달릴 때

가을이란 것도 있기는 있었다.

(2017)

우체통 곁에

뒷모습이 예뻤던 그녀
살그머니 다가가 한번
안아주고 싶다는 생각만으로
오랜 세월을 견뎠다

그런 뒤로 그녀는
새하얀 백합이 되었고
나는 그녀 곁에 새빨간
우체통이 되었다.

(2016)

시인 · 2

두리번거리다가
한발 늦고

망설이다가
한발 늦고

구름 보고 웃다가
꽃을 보며 좋아서

날 저물어서야
울먹인 아이

빈손으로 혼자서
돌아온 아이.

(2016)

틀렸다

돈 가지고 잘 살기는 틀렸다

명예나 권력, 미모 가지고도 이제는 틀렸다

세상에는 돈 많은 사람이 얼마나 많고

명예나 권력, 미모가 다락같이 높은 사람이 얼마나 많은가!

요는 시간이다

누구나 공평하게 허락된 시간

그 시간을 어디에 어떻게 써먹느냐가 열쇠다

그리고 선택이다

내 좋은 일, 내 기쁜 일, 내가 하고 싶은 일 고르고 골라

하루나 한 시간, 순간순간을 살아보라

어느새 나는 빛나는 사람이 되고 기쁜 사람이 되고

스스로 아름다운 사람이 될 것이다

틀린 것은 처음부터 틀린 일이 아니었다

틀린 것이 옳은 것이었고 좋은 것이었다.

(2016)

잘람잘람

어머니, 어머니
샘물가에서 물동이로
물을 기를 때

물동이에 가득 채운 물
머리에 이고 가기 전
넘치지 않게 하기 위하여
물동이 주둥이를 손바닥으로
슬쩍 훑어내듯이

오늘 내가 너에게
주는 마음은 잘람잘람
그렇지만 넘치지 않게

오늘 내가 너에게
주는 시도 잘람잘람
그렇지만 넘치지 않게.

(2016)

명예

돈이 별로 필요 없을 때
세상의 돈이 내게로 왔고
내가 남자도 아닐 때
세상의 여자들이 나를 좋아했다
그래도 돈을 아껴서 쓰고
세상의 여자들을 사랑해야겠다.

(2016)

어린아이

예쁘구나
쳐다봤더니
빙긋 웃는다

귀엽구나
생각했더니
꾸벅 인사한다

하나님 보여주시는
그 나라가
따로 없다.

(2016)

한산세모시

누나의 알몸은 눈부셨다
리아스식 해안은 새하얗고
파도는 저 혼자서도
연달아 몰려와서
부서져 죽었다.

(2016)

시인 무덤

날마다 쓰는 시가
그대로 무덤인데
무슨 무덤을 또
남긴단 말이냐!

(2015)

첫눈 같은

멀리서 머뭇거리기만 한다
기다려도 쉽게 오지 않는다
와서는 잠시 있다가 또
훌쩍 떠난다
가슴에 남는 것은 오로지
서늘한 후회 한 조각!

그래도 나는 네가 좋다.

(2015)

겨울 장미

너를 사랑하고 나서
누구를 다시 더 사랑한다
그러겠느냐

조금은 과하게 사랑함을
나무라지 말아라
피하지 말아다오

하나밖에 없는 것이
정말로 사랑이라
그러지 않았더냐.

(2015)

벚꽃 이별

하늘 구름이 벚꽃 나무에 와서 며칠
하늘 궁전이 되어서 또 며칠
부풀어 오르던 마음
세상을 다 가진 것 같은 마음
사랑이었네 그것은
나도 모르게 사랑이었네

바람 불어와 하늘 궁전 무너져 내려
꽃비인가 눈인가 날리는 마음
잘 가라 잘 살아라
나는 울어도 너는 울지 말아라
별이 되어 꽃이 되어
만날 때까지 우리 다시 그때까지.

(2015)

그냥 낭만

낭만, 그냥 낭만
국적 없는 낭만
떠돌이 낭만
조금은 떨리고 조금은 서럽고
조금은 기쁘기도 한 낭만
지절거리는 아침 새소리가 되고
반짝이는 한낮의 시냇물 되고
저녁에는 또 날리는 꽃잎이 되기도 하겠네

이것도 너한테서 받는 하나의 선물.

(2015)

어린 봄

어린 봄은 나뭇가지 위에
새울음 속에

더 어린 봄은
내 마음 위에

오늘도 나는 너를 바라보며
이렇게 울먹이고만 있다.

(2015)

한들한들

초등학교 4학년 때 담임했던 여자아이다. 어려서부터 탁월했다. 공부를 잘했고 글을 잘 썼으며 성격이 야무지고 피아노를 잘 쳤다. 자라서 무어든 한 가지 잘 해내는 사람이 되려니 기대를 모았다.

그러나 나중에 친구 아이들한테 들으니 아니었다. 피아노를 잘 쳤지만 피아니스트가 된 것도 아니고 좋은 대학에서 영문학을 전공했지만 영문학자가 된 것도 아니고 글을 잘 썼지만 글 쓰는 사람이 되지도 않았다 한다.

다만 잡지사 기자가 되어 잠시 다니다가 좋은 남자 만나 결혼하고 나서 직장을 그만두고 그냥 아줌마로 눌러앉았다는 것이다. 아깝다. 왜 그 애는 그렇게 살까?

친구들 말로는 가끔 좋아하는 가게에 나가 손님들 앞에서 피아노도 쳐주면서 한들한들 아무 불평 없이 그냥 아줌마로 잘 산다고 그랬다. 한들한들! 누군가의 삶이기도 하고 누군가의 삶이 아니기도 한 한들한들!

유독 그 '한들한들'이란 말이 오래 뒤에 남았다. 왜 나는 그 애처럼 한들한들 살지 못했을까? 몇 줄짜리 시를 쓰고서도 꼬박꼬박 이름 석 자, 끼워 넣어 세상에 날려 보내며 50년을 고역으로 버텼을까!

늦었지만 나도 초등학교 4학년 담임했던 여자 제자 아이가 피우고 있다는 그 한들한들이라는 꽃 한 송이를 따라서 피워보고 싶은 것이다.

(2015)

행복·2

어제 거기가 아니고
내일 저기도 아니고
다만 오늘 여기
그리고 당신.

(2015)

멀리 풍경

마음은 뜨내기
자주 집을 나가서
쉬이 돌아오지 않는다

오늘은 꺼밋한 비구름 하늘
그 아래 비를 맞고 있는
잡목림 안개 자욱
실가지 끝에서 놀고 있다

꽃이 피고 새잎 나는 날
마음아 너도 거기서
꽃 피우고 새잎 내면서
놀고 있거라.

(2015)

어린 시인에게

너를 사랑한다
너를 사랑함으로
네가 여기보다 더 좋아하는 곳으로
홀로 떠남을 허락한다

더욱 너를 사랑한다
더욱 너를 사랑함으로
네가 나보다 더 사랑하는 사람들과
더불어 살아감을 기뻐한다

한 가지 부탁은 나 없는 하늘
땅 위에서 살면서
가끔은 나도 기억해 달라는 것!

밤하늘을 우러를 때 거기
눈물 어린 별 하나 있거든
아직도 너를 사랑하는
내 마음이거니 짐작해다오.

(2015)

범사

오늘도 세상엔 아무런 일도 일어나지 않았다
내게도 특별한 일이 일어나지 않았다
감사한 일이다

오늘도 나는 초록색 자전거를 타고
금학동 집에서 문화원까지 출근했다가 돌아왔다
감사한 일이다

저녁에 몸을 씻고 알전등 아래 기도를 드리고
잠을 청하려고 그런다
역시 감사한 일이다.

(2014)

하늘 아이

너 누구냐?
꽃이에요

너 누구냐?
나, 꽃이에요

너 정말 누구냐?
나, 꽃이라니까요!

꽃하고 물으며 대답하며
하루해가 짧다.

(2014)

너를 위하여

여자 너머의 여자
오로지 귀여운 아이

꽃 너머의 꽃
오로지 어여쁜 사랑

산 너머의 산
하나뿐인 조그만 믿음

내일도 또 내일도
그러하기를⋯⋯.

(2014)

좋은 아침

내가 세상한테 필요한
사람이라고 생각해보자
눈물이 날 것이다

내가 세상한테 사랑받는
사람이라고 생각해보자
더욱 눈물이 날 것이다

아침에 문득 받은 전화 한 통
핸드폰 문자 메시지 한 구절이
우리에게 좋은 세상을 약속한다

나는 당신에게 필요한 사람!
당신은 내가 사랑하는 사람!
그렇게 말해보자.

(2014)

꽃들아 안녕

꽃들에게 인사할 때
꽃들아 안녕!

전체 꽃들에게
한꺼번에 인사를
해서는 안 된다

꽃송이 하나하나에게
눈을 맞추며
꽃들아 안녕! 안녕!

그렇게 인사함이
백번 옳다.

(2014)

우정

고마운 일 있어도 그것은
고맙다는 말
쉽게 하지 않는 마음이란다

미안한 일 있어도 그것은
미안하다는 말
쉽게 하지 못하는 마음이란다

사랑하는 마음 있어도 그것은
사랑한다는 말
쉽게 하지 않는 마음이란다

네가 오늘 나한테 그런 것처럼.

(2014)

끝끝내

너의 얼굴 바라봄이 반가움이다
너의 목소리 들음이 고마움이다
너의 눈빛 스침이 끝내 기쁨이다

끝끝내

너의 숨소리 듣고 네 옆에
내가 있음이 그냥 행복이다
이 세상 네가 살아있음이
나의 살아있음이고 존재이유다.

(2014)

혼자서 · 2

무리 지어 피어 있는 꽃보다
두셋이서 피어 있는 꽃이
도란도란 더 의초로울 때 있다

두셋이서 피어 있는 꽃보다
오직 혼자서 피어 있는 꽃이
더 당당하고 아름다울 때 있다

너 오늘 혼자 외롭게
꽃으로 서 있음을 너무
힘들어 하지 말아라.

(2014)

너를 두고

세상에 와서
내가 하는 말 가운데서
가장 고운 말을
너에게 들려주고 싶다

세상에 와서
내가 가진 생각 가운데서
가장 예쁜 생각을
너에게 주고 싶다

세상에 와서
내가 할 수 있는 표정 가운데
가장 좋은 표정을
너에게 보이고 싶다

이것이 내가 너를

사랑하는 진정한 이유

나 스스로 네 앞에서 가장

좋은 사람이 되고 싶은 소망이다.

(2014)

의자

결코 아름답지 않은 세상
너 한 사람으로 하여
아름다웠다

저만큼 나 다녀오는 동안 너
그 자리 지켜서 좀
기다려줄 수 있겠니?

(2014)

서로가 꽃

우리는 서로가
꽃이고 기도다

나 없을 때 너
보고 싶었지?
생각 많이 났지?

나 아플 때 너
걱정됐지?
기도하고 싶었지?

그건 나도 그래
우리는 서로가
기도이고 꽃이다.

(2014)

어여쁨

무얼 그리 빤히 바라보고
그러세요!

이쪽에서 보고 있다는 걸
안다는 말이다

제가 예쁘다는 걸
제가 먼저 알았다는 말이다.

(2014)

우리들의 푸른 지구·2

사랑한다는 말 대신에 하는 말
우리 오래 만나자

사랑하겠다는 말 대신에 하는 대답
우리 함께 오래 있어요

날마다 푸른 지구
내일 더욱 푸른 지구

오늘은 네가 나에게 지구이고
내가 너에게 지구이다.

(2014)

우리들의 푸른 지구·1

내가 너를 생각하는 동안만
지구는 건강하게 푸르다

내가 너를 사랑하는 동안만
우주는 편안하게 미소 짓는다

오늘 비록 멀리 있어도 우리는
결코 멀리 있는 것이 아니다

푸르고 건강한 지구
그 숨결 안에서 우리들 또한 푸르다.

(2014)

꽃과 별

너에게 꽃 한 송이를 준다
아무런 이유가 없다
내 손에 그것이 있었을 뿐이다

막다른 골목길을 가다가
맨 처음 만난 사람이
바로 너였기 때문이다

밤하늘의 별들을 바라본다
어둔 밤하늘에 별들이 빛나고 있었고
다만 내가 울고 있었을 뿐이다.

(2014)

여행의 끝

어둔 밤길 잘 들어갔는지?

걱정은 내 몫이고
사랑은 네 차지

부디 피곤한 밤
잠이나 잘 자기를…….

(2014)

맑은 날

오늘 날이 맑아서
네가 올 줄 알았다
어려서 외갓집에 찾아가면
외할머니 오두막집 문 열고
나오시면서 하시던 말씀

오늘은 멀리서 찾아온
젊고도 어여쁜 너에게
되풀이 그 말을 들려준다
오늘 날이 맑아서
네가 올 줄 알았다.

(2014)

새사람

그럼요
날마다 새날이고
봄마다 새봄이구요
사람마다 새사람

그중에서도 당신은
새봄에 새로 그리운
사람 중에서도 첫 번째
새사람입니다.

(2014)

별·2

우리는 한 사람씩 우주공간을 흐르는 별이다. 머언 하늘길을 떠돌다 길을 잘못 들어 여기 이렇게 와 있는 별들이다. 아니다. 우리는 오래전부터 서로 그리워하고 소망했기에 여기 이렇게 한자리에서 만나게 된 별들이다.

그러니 너와 나는 기적의 별들이 아닐 수 없다. 하늘길 가는 별들은 다만 반짝일 뿐 서러운 마음 외로운 마음을 가지지 않는 별들이다. 그러나 우리는 순간순간 외로워하고 서러워할 줄 아는 별들이다. 안타까워할 줄도 아는 별들이다. 그러니 우리가 얼마나 사랑스런 별들이겠는가!

부디 편안한 마음으로 따뜻한 마음으로 잠시 그렇게 머물다 가기 바란다. 오직 사랑스런 마음으로 기쁜 마음으로 내 앞에 잠시 그렇게 있다가 가기 바란다. 굳이 재촉하지 않아도 이별의 시간은 빠르게 오고 우리는 그 명령을 따라야만 한다. 그리하여 너는 너의 하늘길을 가야 하고 나는 또 나의 하늘길을 열어야 한다.

우리가 앞으로 다시 만난다는 기약은 바랄 수도 없는 일이다. 어쩌면 이것이 처음이자 마지막 만남일 수도 있겠다. 그리하여 우리는 앞으로도 오래 외롭고 서럽고 안타깝기까지 할 것이다. 부디 너 오늘 우리가 이 자리 이렇게 지극히 정답게 아름답게 만났던 일들을 잊지 말기 바란다. 오늘 우리의 만남을 기억한다면 앞으로도 많은 날 외롭고 서럽고 안타까운 순간에도 그 외로움과 서러움과 안타까움이 조금은 줄어들 것이다.

나도 하늘길 흐르다가 멀리 아주 멀리 반짝이는 별 하나 찾아낸다면 그것이 진정 너의 별인 줄 알겠다. 나의 생각과 그리움이 머물러 그 별이 더욱 밝은 빛으로 반짝일 때 나도 너를 알아보고 나를 향해 웃음 짓는 것이라 여기겠다. 앞으로도 우리 오래도록 반짝이면서 외로워하기도 하고 서러워하기도 하자.

오늘 우리가 여기서 이렇게 헤어지고 난다면 어디서 또다시 만난다 하겠는가? 잡았던 손 뿌리치고 나면 언제 또 그 손을 잡을 날 있다 하겠는가? 너무도 사랑스럽고 어여쁜 너. 오직 기적의 별인 너. 많이 반짝이는 너의 별을 데리고 이제는 너의 길을 가라. 나도 나의 길을 가련다. 오늘은 여기서 안녕히! 나에게도 안녕히!

(2013)

마음을 얻다

있는 것도 없다고
네가 말하면
없는 것이고

없는 것도 있다고
네가 말하면
있는 것이다

후회하지 않겠다.

(2013)

가을도 저물 무렵

낙엽이 진다
네 등을 좀 빌려다오
네 등에 기대어 잠시
울다 가고 싶다

날이 저문다
네 손을 좀 빌려다오
네 손을 맞잡고 함께
지는 해를 바라보고 싶다

괜찮다 괜찮다
오늘은 이것으로 족했다
누군가의 음성을 듣는다.

(2013)

이슬

사랑한다고 말하고
사랑하느냐 물어도
말이 없었다

보고 싶었다고 말하고
보고 싶었느냐 물어도
대답이 없었다

자주 생각했다고 말하고
생각이 났었느냐 물어도
여전히 대답이 없었다

다만 이슬
맑고 푸르고 고요한 두 눈에
이슬을 머금었을 뿐이다

그렇게 그녀는 떠났다
떠나서 오래 소식이 없었다
그러나 생각은 떠나지 않았다

오늘 아침 새로 핀 꽃잎에
구슬로 맺혀 있는 이슬을 본다
그녀가 돌아와 울고 있었던 것이다.

(2013)

9월의 시

여름철에 우리는 모두가 싸우는 짐승들이었다
태양과 싸우고 바람과 싸우고 스스로와 싸우고
이웃들과 싸우는 성난 짐승들이었다

사람들뿐만 그런 게 아니다
풀이나 나무나 새들이나 곤충도 하늘이나 산맥이나 강물까지도
서로 으르렁거렸고 다투며 불화를 일삼았다

이제금 하늘은 개고 맑고 높고 바람은 시원하여 9월
9월은 자성의 계절
모든 생명 가진 것들은 몸을 돌려 제 발자국을 돌아다본다
9월은 치유의 계절
제가끔 자신의 상처를 들여다보며 미소 짓는다

할 수만 있다면 부드러운 영혼의 혓바닥을 내밀어 스스로의
쓰린 상처를 핥아줄 일이다
상처받은 서로를 안쓰러운 눈길로 바라보아줄 일이다

그러노라면 마음은 또다시 깊어지고
부드러워지고 아늑해질 것이다
강물은 아득한 눈을 회복하고 한사코
빛나는 몸짓으로 멀리멀리 떠나갈 것이다

새들도 천천히 하늘을 맴돈다
9월은 누구나 영혼의 낡은 둥지를 보살피고
다시금 새로운 둥지를 마련하고 싶은 마음이 들 때
당신의 9월은 어떠신가? 멀리 묻는다.

(2013)

느낌

눈꼬리가 휘어서
초승달
너의 눈은 … 서럽다

몸집이 작아서
청사과
너의 모습은 … 안쓰럽다

짧은 대답이라서
저녁바람
너의 음성은 … 섭섭하다

그래도 네가 좋다.

(2012)

장식

애당초
못생겨서 좋아했다
뭉뚱한 키 조그만 몸집
찌뿌둥한 얼굴

귀여워서 사랑했다
맑은 이마 부드러운 볼
치렁한 머리칼

언제든 네 조그만 귀에는
새로운 귀걸이를
달아주고 싶었다

언제든 네 머리칼에는
어여쁜 머리핀을
꽂아주고 싶었다.

(2012)

카톡

보내도 보내지 않는다
헤어져 있어도
가까이 숨소리
놓치지 않는다

여기요 여기
나 여기 있어요
귓가에서 여전히
서성이고만 있는 너.

(2012)

좋은 날

하고 싶은 일을 하니 좋고
하고 싶지 않은 일을 하지 않으니
더욱 좋다.

(2012)

너에게 감사

사랑하는 사람들 사이에서는
더 많이 사랑하는 사람이
단연코 약자라는 비밀

어제도 지고
오늘도 지고
내일도 지는 일방적인 줄다리기

지고서도 오히려
기분이 나쁘지 않고
홀가분하기까지 한 게임

사랑하는 사람들 사이에서는
더 많이 지는 사람이
끝내는 승자라는 비밀

그걸 깨닫게 해준 너에게
감사한다.

(2012).

고백

좋은 것만 보면 무어든
네 생각이 나고
어여쁜 경치 앞에서도
네 얼굴이 떠올라

어떻게든 너에게
선물하고 싶지만
번번이 그럴 수는 없어

안달하다가 무너져 내리다가
절벽이 되고 산이 되고
끝내는 화닥화닥 불길로
타오르는 꽃나무

이것이 요즘
너를 향한 나의 마음이란다.

(2012)

별짓

어제 사서 감추어 가지고 온 귀걸이를 아침에 내밀었다
아이 뭘
쫑알대며 받아서 걸어보는 너의 귀가 조그만 나비처럼 예뻤다

점심때 함께 식사하고 나오며 네 신발을 가지런히 돌려주었다
아이 뭘
신을 신는 너의 두 발이 꼭 포유동물의 눈 못 뜬 새끼들처럼 귀여
웠다

오후에 가게에서 소프트아이스크림을 사 들고 뛰어와 너에게 주
었다
아이 뭘
아이스크림을 베어 무는 너의 입술이 하늘붕어처럼 사랑스러
웠다

아이 뭘…
내가 별짓을 다한다.

(2012)

사랑이 올 때

가까이 있을 때보다
멀리 있을 때
자주 그의 눈빛을 느끼고

아주 멀리 헤어져 있을 때
그의 숨소리까지 듣게 된다면
분명히 당신은 그를
사랑하기 시작한 것이다

의심하지 말아라
부끄러워 숨기지 말아라
사랑은 바로 그렇게 오는 것이다

고개 돌리고
눈을 감았음에도 불구하고.

(2012)

이 봄날에

봄날에, 이 봄날에
살아만 있다면
다시 한 번 실연을 당하고
밤을 새워
머리를 벽에 쥐어박으며
운다 해도 나쁘지 않겠다.

(2012)

손님처럼

봄은 서럽지도 않게 왔다가
서럽지도 않게 간다

잔칫집에 왔다가
밥 한 그릇 얻어먹고
슬그머니 사라지는 손님처럼
떠나는 봄

봄을 아는 사람만 서럽게
봄을 맞이하고
또 서럽게 봄을 떠나보낸다

너와 나의 사랑도
그렇지 아니하랴
사랑아 너 갈 때 부디
울지 말고 가거라

손님처럼 왔으니 그저
손님처럼 떠나가거라.

(2012)

연

오래
기다리셨습니다

드릴 것은
조그만 마음뿐입니다

부디 오래
머물다 가십시오

바람에겐 듯
사랑에겐 듯.

(2012)

약속

어제는 잊혀진 약속이고
내일은 지키기 어려운 약속이다

다만 약속이 있다면 오늘
오늘의 약속은 사랑.

(2012)

사랑에 감사

얼굴이, 웃는
너의 얼굴이 세상의
전부이던 때 있었다

음성이, 맑은
너의 음성이 기쁨의
전부이던 때 있었다

돌아보아 기억하고
간직할 것은 오직
이것뿐

허무라 타박하여
물리지 말라!

(2012)

낮달

달밤에 애기가
엄마 등에 업혀서 먼 길 가다가
잠이 드는 바람에 고무신
한 짝을 잃었습니다

하늘이 안쓰럽게 여겨
그 고무신 주워다가 가슴에
품었습니다

애기야, 네 고무신 한 짝
찾아가거라.

(2011)

까닭

꽃을 보면 아, 예쁜
꽃도 있구나!
발길 멈추어 바라본다
때로는 넋을 놓기도 한다

고운 새소리 들리면 어, 어디서
나는 소린가?
귀를 세우며 서 있다
때로는 황홀하기까지 하다

하물며 네가
내 앞에 있음에야!

너는 그 어떤 세상의
꽃보다도 예쁜 꽃이다
너의 음성은 그 어떤 세상의
새소리보다도 고운 음악이다

너를 세상에 있게 한 신에게
감사하는 까닭이다.

(2011)

딸기 철

봄마다 딸기 철에 가장 많이 생각나는 사람은 우리 딸

봄마다 딸기가 그렇게 먹고 싶다 했지만

딸기를 사주지 못했던 우리 딸

제 엄마 시장에 가면 따라가 치마꼬리 잡고

딸기 사달라고 조르고 조르던 아이

그러나 제 엄마는 딸아이에게 딸기를 사줄 만한 돈이 없어

딸기장수 아주머니 보지 못하게 하려고 치마로 일부러

가리고 다녀야만 했던 우리 딸

제 엄마 딸기장수 아주머니에게 100원어치만 200원어치만

딸기를 팔 수 없겠냐고 말했다가 된통 혼나게 만든 우리 딸

봄이 와 딸기 철이면 제일 먼저 딸아이에게 딸기를 사주고 싶다

딸기를 먹고 있는 딸기 같은 딸아이를 보고 싶다

그러나 그 아이 이제는 어른으로 자라 시집을 가서

딸기 사달라고 조르던 제 어릴 때만큼의 딸아이를 둔

엄마가 되어버렸다.

(2011)

아버지

왠지 네모지고 딱딱한 이름입니다

조금씩 멀어지면서 둥글어지고
부드러워지는 이름입니다

끝내 세상을 놓은 다음
사무치게 그리워지는 이름이기도 하구요

아버지, 이런 때
당신이었다면 어떻게 하셨을까요?

마음속으로 당신 음성을 기다립니다.

(2011)

여행·2

예쁜 꽃을 보면
망설이지 말고
예쁘다고 말해야 한다

사랑스런 여자를 만나면
미루지 말고
사랑스럽다 말해주어야 한다

이다음에 예쁜 꽃을
다시 볼 수 있을 거라고
사랑스런 여자를
다시 만날 수 있을 거라고
믿어서는 안 된다

우리네 하루하루

순간순간은 여행길

두 번 다시 되풀이할 수 없는

오직 한 번뿐인 여행이니까.

(2011)

한 소망

어디서 많이 들어본 말을 빌려
소망한다
저가 나에게 필요한
사람이기보다는
내가 저에게 필요한
사람이게 하소서
이 세상 끝 날까지
기린과 너구리와 뱁새와
생쥐와 함께.

(2011)

육친

모처럼 만난 딸아이
시집 가 아기 낳고 사는 딸아이
어려서 보드레하던 손
가늘고 새하얗고 예쁘던 손가락

헤어져 돌아오면서
내 손을 들여다보았더니
거기에 딸아이의 손가락이 와 있었다
뭉뚝한 엄지 검지 가운뎃손가락
그나마 갸름한 무명지 새끼손가락

손을 비벼 보니 꺼끄러운 느낌
거기에 딸아이의 손바닥이 또
와 있는 것이었다.

(2011)

여름의 일

골목길에서 만난
낯선 아이한테서
인사를 받았다

안녕!

기분이 좋아진 나는
하늘에게 구름에게
지나는 바람에게 울타리 꽃에게
인사를 한다

안녕!

문간 밖에 나와

쭈그리고 앉아있는

순한 얼굴의 개에게도

인사를 한다

너도 안녕!

(2011)

어린 슬픔

서리 내린 아침
눈부신 햇살 뒤집어쓴
장미 어린 꽃송이에게 묻는다

나의 시는 아직 망하지 않았는가?
나의 인생은 아직도 잘 따라오고 있는가?

외로워할 것이 없는데 외로워하고
슬퍼할 것이 없는데 슬퍼하는 것이 사랑이다
끝내 사랑할 필요가 없는데 사랑하는 것이 사랑이다

피를 물고 서있는 붉은
어린 장미에게 말해본다.

(2011)

꽃잎

천사들이 신었던
신발이 흩어져 있네

미끄럼틀 아래
그네 아래 그리고
꽃나무 아래

무슨 급한 일이 있어
천사들은 신발을 벗어둔 채
하늘나라로 돌아간 것일까?

(2011)

부탁이야

오래가 아니야 조금
많이가 아니야 조금
네 앞에서 잠시
앉아있고 싶어

나는 왜 내가 이렇게 되었는지
나도 잘 모르겠어

금방 보고 헤어졌는데도
보고 싶은 네 얼굴
금방 듣고 돌아섰는데도
듣고 싶은 네 목소리

어둔 하늘 혼자서 반짝이는 나는 별
외론 산길에 혼자서 가는 나는 바람

웃는 네 얼굴 조금만 보고
예쁜 목소리 조금만 듣고
이내 나는 떠나갈 거야
그렇게 해줘 부탁이야

나는 왜 내가 이렇게 되었는지
나도 잘 모르겠어.

(2011)

꽃·2

누군가 이 시간 당신을
사랑하는 사람이 있다고 생각하면
살맛이 날 것이다

어딘가 이 시간 당신을 위해
기도하는 사람이 있다고 생각하면
더욱 살맛이 날 것이다

더구나 당신이 세상으로부터
사랑받는 사람이라고 생각한다면
드디어 당신은 꽃이 될 것이다

팡! 터져버리는 그 무엇
알 수 없는 은은한 향기, 그것은
쉬운 일이기도 하고
어려운 일이기도 하다.

(2011)

여인

품 안에
뭉클
안기는 바다

엎질러질라.

(2011)

양말 선물

양말을 한 켤레 드립니다
비록 비싼 물건은 아니지만
양말을 한 켤레 선물로 드립니다

이 양말 신고
씩씩하게 걸어 다니며
좋은 일 많이 하시라는 겁니다
먼 곳까지 찾아가 좋은 사람 만나고
좋은 얘기 많이 나누고
좋은 일 많이 하시라는 겁니다

여러 날이 지나면 양말은
낡은 양말이 되겠지요
그날에도 양말은 기억할 겁니다
주인님이 자기를 데리고 어디를 다녔고
누구를 만나 무슨 이야기를 했으며
또 무슨 일을 했는지

양말을 한 켤레 드립니다
사람의 몸 가운데
가장 많이 수고하고 가장 많이
애를 쓰는 발
그러면서 밖으로 드러나지도 않고
칭찬을 받지도 못하는 발을 위해서
겸손한 마음으로 양말을 한 켤레
선물로 드립니다.

(2011)

사랑은 언제나 서툴다

서툴지 않은 사랑은 이미
사랑이 아니다
어제 보고 오늘 보아도
서툴고 새로운 너의 얼굴

낯설지 않은 사랑은 이미
사랑이 아니다
금방 듣고 또 들어도
낯설고 새로운 너의 목소리

어디서 이 사람을 보았던가…
이 목소리 들었던가…
서툰 것만이 사랑이다
낯선 것만이 사랑이다

오늘도 너는 내 앞에서
다시 한 번 태어나고
오늘도 나는 네 앞에서
다시 한 번 죽는다.

(2011)

마지막 기도

더 이상 그를
사랑하지 않게 해주십시오
사랑하는 마음이 언젠가
미움의 마음으로 변할까 걱정입니다

어떤 경우에도 그를
미워하지 않게 해주십시오
그를 사랑했던 마음
오래오래 후회될까봐 걱정입니다.

(2011)

그 아이

날마다 마음의 빛
어디서 오나?
그 아이한테서 오지

날마다 삶의 기쁨
어디서 오나?
여전히 그 아이한테서 오지

그 아이 있어
다시금 반짝이고
싱그러운 세상

그 아이에게 감사해
날마다 빛을 주고
기쁨 주는 그 아이에게 감사해.

(2011)

목련꽃 낙화

너 내게서 떠나는 날
꽃이 피는 날이었으면 좋겠네
꽃 가운데서도 목련꽃
하늘과 땅 위에 새하얀 꽃등
밝히듯 피어오른 그런
봄날이었으면 좋겠네

너 내게서 떠나는 날
나 울지 않았으면 좋겠네
잘 갔다 오라고 다녀오라고
하루치기 여행을 떠나는 사람
가볍게 손 흔들듯 그렇게
떠나보냈으면 좋겠네

그렇다 해도 정말
마음속에서는 너도 모르게
꽃이 지고 있겠지
새하얀 목련꽃 흐득흐득
울음 삼키듯 땅바닥으로
떨어져 내려앉겠지.

(2011)

못나서 사랑했다

잘나지 못해서 사랑했다
사랑하지 않고서는
배길 수 없어서 사랑했다
밥을 먹어도 배가 고프고
물을 마셔도 목이 말라서
사랑했다

사랑은 밥이요
사랑은 물

바람 부는 날 바람 따라 흔들리지
않기 위해서 사랑했다
흐르는 강가에서 물 따라
흘러가지 않기 위해서
사랑했다

사랑은 공기요

사랑은 꿈

너 또한 잘난 사람 아니기에

사랑할 수밖에 없었다

못나서 안쓰럽고

안쓰러워 사랑할 수밖에 없었다

사랑하여 너는 세상에서

가장 예쁜 네가 되었다

사랑은 꽃이요

사랑은 눈물.

(2011)

쑥부쟁이

오늘도 너의 마음 하나
얻지 못하여 쓸쓸한 날
혼자서 산길을 가면서
가을꽃 본다

무얼 그러시나요?
살아있는 목숨만이라도
고마운 일 아닌가요?
쑥부쟁이 연한 바다 물빛
꽃송이를 흔든다.

(2011)

밥

집에 있을 때 밥을 많이 먹지 않는 사람도
집을 나서기만 하면 밥을 많이 먹는 버릇이 있다
어쩌면 외로움이, 무사히 집으로
돌아가고 싶은 욕망이 밥을
많이 먹게 하는지도 모르는 일

밥은 또 하나의 집이다.

(2010)

아무르

새가 울고
꽃이 몇 번 더 피었다 지고
나의 일생이 기울었다

꽃이 피어나고
새가 몇 번 더 울다 그치고
그녀의 일생도 저물었다

닉네임이 흰 구름인 그녀,
그녀는 지금 어느 낯선 하늘을
흐르고 있는 건가?

아무르, 아무르 강변에
꽃잎이 지는 꿈을 자주 꾼다는
그녀의 메일이 왔다

아무르, 아무르 강변에
새들이 우는 꿈을 자주 꾼다고
나도 메일을 보냈다.

(2010)

꽃 · 1

아무렇게나 저절로
피는 꽃은 없다

누군가의 억울함과 슬픔과
기도가 쌓여 피는 꽃

그렇다면 산도 바다도
강물도

하늘과 땅의 억울함과 슬픔과
기도로 피어나는 꽃일 것이다.

(2010)

잠들기 전에

하루해가 너무 빨리 저물고
한 달이 너무 빨리 간다
1년은 더욱 빨리 사라진다

밤이 깊어도 쉬이 잠들지 못하는 까닭은
다시는 아침이 없을 것만 같아서다

내일 아침에도 잊지 말고 꼭
깨워주십시오
기도를 챙기고 잠을 청해보는 밤

우리에겐 이제 사랑할 일밖엔
아무 것도 남지 않았다.

(2010)

차

차는 혼자서 마시는 것이 아니라
둘이서 마시는 것이다
차는 혼자서만 간직하는 것이 아니라
나누어 가지는 것이다

둘이서 마시더라도 가장 좋은 사람과
마주 앉아서 마시고
나누어 가지더라도 가장 좋은 사람과
나누어 가지는 것이다

마주 앉아 차를 마시고
차를 나누어 가지면서
우리의 마음도 나누어 가지는 것이 좋고
사랑도 나누어 가지는 것이 좋다는 것을 알게 된다

차를 아끼고 묵히는 일은

어리석은 일이다

마음을 아끼고 혼자서만 간직하는 것은

더욱 어리석은 일이다

겨울 지나고 봄이 오기만 하면

새롭고도 향기로운 차 새로 나오기 마련이고

시간이 지나고 날이 가면 내 앞에 있던 좋은 사람도

떠나가 빈자리 될 것을 미리 알기에 더욱 그렇다.

(2010)

문자메시지

머나먼 우주공간을 가면서
외로운 별 하나가 역시
외로운 별 하나에게 소식을 전하듯
오늘도 나는 너에게
문자메시지를 보낸다

너 지금 어디서 무엇을 하고 있니?
누구랑 같이 있는 거니?
여기서 보는 하늘은 맑고
하늘엔 구름이 떴어
거기 하늘은 어때?

만나지 못하고 지내는
토요일이나 일요일 혹은
공휴일 며칠
보고 싶어서 다시는
만나지 못할 것만 같아서.

(2010)

살아갈 이유

너를 생각하면 화들짝
잠에서 깨어난다
힘이 솟는다

너를 생각하면 세상 살
용기가 생기고
하늘이 더욱 파랗게 보인다

너의 얼굴을 떠올리면
나의 가슴은 따뜻해지고
너의 목소리 떠올리면
나의 가슴은 즐거워진다

그래, 눈 한번 질끈 감고
하나님께 죄 한번 짓자!
이것이 이 봄에 또 살아갈 이유다.

(2010)

눈 위에 쓴다

눈 위에 쓴다
사랑한다 너를
그래서 나 쉽게
지구라는 아름다운 별
떠나지 못한다.

(2010)

떠난 자리

나 떠난 자리
너 혼자 남아
오래 울고 있을 것만 같아
나 쉽게 떠나지 못한다, 여기

너 떠난 자리
나 혼자 남아
오래 울고 있을 것 생각하여
너도 울먹이고 있는 거냐? 거기.

(2010)

혼자 있는 날

아침에도 너를 생각하고
저녁에도 너를 생각하고
한낮에도 너를 생각한다

보이는 것마다 너의 모습
들리는 것마다 너의 목소리

너, 지금
어디 있느냐?

(2010)

섬

너와 나
손잡고 눈 감고 왔던 길

이미 내 옆에 네가 없으니
어찌할까?

돌아가는 길 몰라 여기
나 혼자 울고만 있네.

(2010)

못난이 인형

못나서 오히려 귀엽구나
작은 눈 찌푸러진 얼굴

애게게 금방이라도 울음보
터뜨릴 것 같네

그래도 사랑한다 애야
너를 사랑한다.

(2010)

핸드폰 시

— 구름

구름 높은 구름
좋다 내 마음도 높이 떴다

구름 하얀 구름
좋다 내 마음도 하얗다

거기 너도 있다
좋다 너도 웃는 얼굴이다.

(2010)

별 · 1

너무 일찍 왔거나 너무 늦게 왔거나
둘 중에 하나다
너무 빨리 떠났거나 너무 오래 남았거나
또 그 둘 중에 하나다

누군가 서둘러 떠나간 뒤
오래 남아 빛나는 반짝임이다

손이 시려 손조차 맞잡아 줄 수가 없는
애달픔
너무 멀다 너무 짧다
아무리 손을 뻗쳐도 잡히지 않는다

오래오래 살면서 부디 나
잊지 말아다오.

(2010)

눈사람

밤을 새워 누군가 기다리셨군요
기다리다가 기다리다가 그만
새하얀 사람이 되고 말았군요
안쓰러운 마음으로 장갑을 벗고
손을 내밀었을 때
당신에겐 손도 없고
팔도 없었습니다.

(2010)

치명적 실수

오늘 나의 치명적 실수는
너를 다시 만나고
그만 너를 좋아해버렸다는 것이다

네 앞에서 나는 무한히 작아지고
부드러워지고
끝없이 낮아지고 끝내는
사라져버리는 그 무엇이다

네 앞에서 나는 이슬이 되고
바람이 되고 구름이 되기도 한다
보아라, 두둥실 하늘에
배를 깔고 떠가는 저기 저 흰 구름!

(2010)

서양 붓꽃

거짓말인 줄 알면서도
눈물 납니다

꽃이 진다고 세상이
달라질 것도 없는데

가슴이 미어집니다.

(2009)

민들레꽃

세상의 날들이
곳간에 다락같이 쌓아놓은
곡식의 낱알 같은 것이 아니라
하루나 이틀이면 족하지
무엇을 더 바라겠는가?
하늘을 바라보고 눈물 글썽일 때
발밑에 민들레꽃
해맑은 얼굴을 들어 노랗게
웃어주었다.

(2009)

새해 인사

글쎄, 해님과 달님을 삼백예순다섯 개나
공짜로 받았지 뭡니까
그 위에 수없이 많은 별빛과 새소리와 구름과
그리고
꽃과 물소리와 바람과 풀벌레 소리들을
덤으로 받았지 뭡니까

이제, 또다시 삼백예순다섯 개의
새로운 해님과 달님을 공짜로 받을 차례입니다
그 위에 얼마나 더 많은 좋은 것들을 덤으로
받을지 모르는 일입니다

그렇게 잘 살면 되는 일입니다
그 위에 더 무엇을 바라시겠습니까?

(2009)

아침 · 2

어제는 던져버리고
오늘은 어느새 새것이다
아, 나도 새것이다

물소리 물소리가 먼저 와
기다리고 있었구나
물소리도 새것이다

풀벌레 소리도 이미 새것
산도, 산의 이마도 새것
나무 나무 나무들도 새것

자, 가보자
오늘도 세상 속으로
독립운동하러 떠나보자.

(2009)

시인·1

옛날의 솜씨 좋은 시인들은 시를 써

꽃나무 가지에 걸어놓고

개울물에게 맡기고

새들한테 부탁하기도 했다

더러는 달빛에게도 주고

자기네 집 소 뿔 위에 꽃다발로 얹어주기도 하고

기르는 강아지 밥그릇에 슬쩍 넣어주기도 했다

그러나 솜씨가 떨어져도

한참은 떨어지는 나는

겨우 종이에 시를 쓰며 이렇게

한평생 살아갈 수밖에는 없는 노릇이다.

(2009)

여행 · 1

가방을 들고
차를 타고 가면서
집으로 돌아가고 싶어 하는 내가 있고

집에 돌아와
가방을 정리하면서
떠나온 곳으로 돌아가고 싶어 하는 내가 있다

어떤 것이 진짜 나인가?

(2009)

동행

잠자리 한 마리 어깨 위에 와 앉는다
아마도 갓 허물 벗은 어린 잠자리였나 보다
조심스럽게 걸어서 아파트 쪽으로 간다
잠자리는 여전히 날아갈 생각 없이 앉아 있다
아마도 내가 바람에 흔들리는 조그만 나무둥치거나
풀대궁인 줄 알았나 보다
엘리베이터를 타기 위해 아파트 문 앞까지 왔을 때 나는
잠자리를 날려 보내야만 했다
더 이상은 함께 갈 수 없단다
잘 가, 이 작은 친구야.

(2009)

낙타

언제부턴가 마음속에
어린 낙타 한 마리 살고 있었다
날마다 낙타를 몰고 세상 속을 걸었다
타박타박 모래밭, 먼지와 바람의 길이었다

더러는 한 모금의 물이 아쉬웠다
내가 낙타였으므로 한 번도 낙타 등에 올라가 본 적은 없고
누군가를 태우거나 무거운 짐짝을 올려놓고 걸었다

가장 많이 올려놓았던 짐짝은 막막한 슬픔과
대책 없는 그리움이었다
무엇보다 그 짐짝을 내려놓고 싶었다

그러나 번번이 쉽지 않은 일

내려놓으려고 하면 막막한 슬픔과

대책 없는 그리움은 살을 파고들었다

오늘도 나는 짐짝을 가득 싣고 세상 속을 떠난다

다만 숨이 가쁘고 다리가 후들거린다.

(2008)

연꽃

마음을 좀 보여달라고 그러자
말없이 보오얀 맨발을 뽑아 보여주는
한 아낙이 있었습니다

봄비에 미나리빛 웃음 하나로
봄비에 미나리빛 웃음 하나로

그때부터
조바심하지 않고 그 아낙을
그리워할 수 있게 되었습니다.

(2008)

헤어진 바다

너와 헤어지고 돌아왔을 때
빈방 가득 일렁이며
퀭한 눈으로
기다리고 있던 바다

밤마다 내 꿈속을 찾아와
놀다 가곤 했다.

(2008)

친구

해 저문 날에
급하고 힘들겠다는 소식 듣고
급하게 찾아온 한 사람
오직 이 한 사람으로
나의 마지막 하늘이 밝겠습니다
따뜻하겠습니다

오직 우정이란 이름으로.

(2008)

집

얼마나 떠나기 싫었던가!
얼마나 돌아오고 싶었던가!

낡은 옷과 낡은
신발이 기다리는 곳

여기,
바로 여기.

(2007)

나무를 위한 예의

나무한테 찡그린 얼굴로 인사하지 마세요
나무한테 화낸 목소리로 말을 걸지 마세요
나무는 꾸중 들을 일을 하나도 하지 않았답니다
나무는 화낼 만한 일을 조금도 하지 않았답니다

나무네 가족의 가훈은 '정직과 실천'입니다
그리고 '기다림'이기도 합니다
봄이 되면 어김없이 싹을 내밀고 꽃을 피우고 또 열매 맺어 가을
을 맞고
겨울이면 옷을 벗어버린 채 서서 봄을 기다릴 따름이지요

나무의 집은 하늘이고 땅이에요
그건 나무의 어머니 어머니, 어머니 때부터의 기인 역사이지요
그 무엇도 욕심껏 가지는 일이 없고 모아두는 일도 없답니다
있는 것만큼 고마워하고 받은 만큼 덜어낼 줄 안답니다

나무한테 속상한 얼굴을 보여주지 마세요

나무한테 어두운 목소리로 투정하지 마세요

그건 나무한테 하는 예의가 아니랍니다.

(2007)

가을 들길

돌아앉은 사람
오래전에 버려진 약속
자그마한 소리로 중얼거리며
날이 저문다

해가 지고서도 한참 동안을
흐린 먹물빛으로 발밑을
더듬적거리다 간다

어머니, 어머니
지금 어디쯤 계셔요?
울고 있는 이 아들이
보이지 않으시나요?

서편 하늘에 걸려 나부끼는

핏빛 노을

누군가 남긴 마지막 시처럼

곱고도 붉다.

(2007)

봄·2

새들이 보고 있어요
우리 둘이 어깨 비비고
걸어가는 것

꽃들이 웃고 있어요
우리 둘이 눈으로 말하고
이야기하고 있는 것.

(2007)

풍경

이 그림에서
당신을 빼낸다면
그것이 내 최악의 인생입니다.

(2007)

줄장미꽃

컹, 컹, 컹, 개 짖는 소리
붉은 꽃송이 속에서 여러 마리의
개들이 입을 모은 그것은
비난이었을까 적의였을까
들어오지 마시오
가까이 오면 안 되오
텅 비어있는 마당
가득 고여 일렁이는 햇살
그러나 나는 끝내, 문 안으로
들어설 수가 없었다.

(2006)

시 · 2

그냥 줍는 것이다

길거리나 사람들 사이에
버려진 채 빛나는
마음의 보석들.

(2006)

당신

이 세상 무엇 하러 살았나?

최후의 친구 한 사람
만나기 위해서 살았지

바로 당신.

(2006)

전화선을 타고

전화선을 타고
쌀 씻는 소리
설거지하는 달그락 소리

아, 오늘도 잘 사셨군요

전화선을 타고
텔레비전 소리
나직하게 들리는 음악 소리

아, 오늘도 잘 쉬고 계시는군요

고맙습니다.

(2006)

우리 딸

바쁘고 바쁜 우리 딸

대학 조교에다가 대학원 박사과정 학생에다가

남편과 함께 주부로 사는 우리 딸

컴퓨터로 리포트 쓰면서도 생선을 굽고

빨래를 개면서도 책장에서 눈길 떼지 못하는 우리 딸

동동동 발걸음이 바빠서 허공중에 떠 있어서

출근길 자동차 운전을 하면서도

빨간불 신호 때에 짬짬이 시간

얼굴에 분을 바르고 눈썹을 그리는 우리 딸

대충대충 그려서 짝짝이 눈썹

대충대충 칠해서 삐뚤어진 입술

어여뻐라 안쓰러워라.

(2006)

낙화 앞에

고개를 돌리지 마시기 바래요
부디 찡그린 얼굴 하지 마시기 바래요

나, 꽃이 지고 있는 동안만
당신 앞에 서 있을려고 그럽니다

바람 없이도 펄펄 떨어지는 꽃잎은
당신 발밑에 당신 옷섶에 꽃잎의 수를 놓습니다

더러는 당신 머리칼 위에
어여쁜 머리핀 되어 얹히기도 합니다

부디 슬픈 생각 갖지 말아요
두 눈에 눈물 머금지 마시기 바래요

꽃이 다 지고 나면 나도
당신 앞을 떠나가려 그럽니다.

(2006)

몽상

꿈꾼다 나는
치사량의 연가
졸도 수준의 실연

꿈꾼다 나는
목적지 없는 가출
박수갈채 속의 요절

꿈꾼다 나는
울고 있는 새하얀 어깨
얹혀지는 거치른 손길

꿈꾼다 나는
보석상 앞의 유혹과 절도
일순의 질주와 증발

장마 지나
상쾌한 바람 불고
쨍한 하늘 밑

그러나 나는
눈을 감는다
다만 고요히.

(2006)

고욤감나무를 슬퍼함

고욤감나무 한 그루가 베어졌다 올봄의 일이다
해마다 봄이면 새하얀 감꽃을 일구고
가을이면 또 밤톨보다도 작고 새까만 고욤감들을
다닥다닥 매다는 순종의 조선감나무
아마도 땅주인에게 오랫동안 쓸모없다
밉게 보였던 모양이다

그러나 나는 이 나무를 안다
30년 가까운 옛날의 모습을 안다
지금 스물여덟인 딸아이
제 엄마 뱃속에 들어있을 때
공주로 학교를 옮기고 이사할 요량으로 이 집 저 집
빈방 하나 얻기 위해 다리 아프게 싸돌아다닐 때
처음 만났던 나무가 이 나무다
빈방이 있기는 하지만 아이 딸린 나 같은 사람에겐
못 주겠노라 거절당하고 나오면서 민망하고
서러운 이마로 문득 맞닥뜨린 나무가 바로 이 나무다

저나 내나 용케 오래 살아남았구나

오며 가며 반가운 친구 만나듯

만나곤 했었지 꽤나 오랜 날들이었지

그런데 그만 올봄엔 무사히 넘기지 못하고

일을 당하고 만 것이다

둥그런 그루터기로만 남아있을 뿐인 저것은

나무의 일이 아니다

나의 일이고 당신의 일이다

고욤감나무시여

나 홀로 오늘 여기 와 슬퍼하노니

욕스런 목숨을 접고 부디 편히 잠드시라.

(2006)

평화

어느새 이렇게 늙은 사내 되어 나
유리창가에 혼자 앉아서
푸성귀 다듬는 아내를 바라보고 있다
그도 역시 늙은 아낙
봄날도 이른 봄날
하루 가운데서도 저녁 무렵 한때.

(2006)

물고기와 만나다

아침 물가에 은빛 물고기들 파닥파닥 뛰어올라
왜 은빛 몸뚱아리 하늘 속살에다
패대기를 쳐대는지 알지 못했는데
한 사람을 사랑하면서부터 아, 저것들도
살아있음이 좋아서 다만 좋아서 저러는 거구나
알게 되었지

저녁에도 그러하네
날 어두워져 하루의 밝음, 커튼이 닫히듯 사라져가는데
왜 물고기 새끼들만 잠방잠방 춤을 추며 놀고 있는 건지
그것이 하루의 목숨 잘 살고 잠을 자러 가면서
안녕 안녕 물고기들의 저녁 인사란 것을
한 사람을 마음 깊이 잊지 못하면서 짐작하게 되었지

물고기들도 나처럼 누군가를 많이많이 좋아하고
사무치게 사랑해서 다만 그것이 기쁘고 좋아서 또 고마워서
그렇다는 걸 조금씩 알게 되었지.

(2005)

문득

많은 사람 아니다
더더욱 많은 이름 아니다
오직 한 사람,
한 사람의 이름이
나는 오늘 문득
그리운 것이다.

(2005)

사랑 · 2

사랑할까봐 겁나요, 당신
언젠가 당신 미워할지도 모르고
헤어질지도 몰라서지요

미워할까 겁나요, 당신
미워하는 마음 옹이가 되어 내가
나를 더 미워할 것만 같아서지요

이제는 당신 사랑하지 않는 것이
나의 사랑이어요.

(2005)

안쓰러움

오늘 새벽엔 아내가 내 방으로 와
이불 없이 자고 있는 나에게 이불을 덮어 주었다
새우처럼 구부리고 자고 있는 내가
많이 안쓰럽다는 생각을 했을 것이다
잠결에도 그걸 느낄 수 있었다

어젯밤엔 문득 아내 방으로 가
잠든 아내의 발가락을 한동안 들여다보다 돌아왔다
노리끼리한 발바닥 끝에 올망졸망 매달려 있는
작달막한 발가락들이 많이 안쓰럽다는 생각을 해 보았다
아내도 자면서 내 마음을 짐작했을지 모른다

우리는 오래전부터 다른 방을 쓰고 있다.

(2005)

공항

하루 한나절 헤어져 살아도

잘 가라고 다시 곧 만나자고

뒤돌아보고 손 흔들고 눈 맞추고 그러기 마련인데

그렇게 매몰차게 잡은 손 놓고 돌아서고 말다니

뒤돌아서 다시는 웃는 얼굴조차 보여주지 않다니, 멀어지다니

끝내는 덜커덕 문까지 닫히고 말아

캄캄해진 눈 팍 꺾인 무릎

둘이 왔던 길 어찌 혼자서 돌아갈 수 있었으랴

하늘까지 어둔 하늘

별조차 사라진 하늘 그 아래

나 못 간다, 못 잊는다.

(2005)

사랑에의 권유

사랑 때문에 다만
사랑하는 일 때문에
울어본 적 있으신지요?

보고 싶은 마음 때문에 오직
한 사람이 보고 싶은 마음 때문에
밤을 꼬박 새워본 적 있으신지요?

그것이 철없음이라도 좋겠고
어리석음이라도 좋겠고
서툰 인생이라 해도 충분히 좋겠습니다

한 사람의 여자를 위하여
한 사람의 남자를 위하여 다시금
떨리는 손으로 길고 긴 편지를
써보고 싶은 생각은 없으신지요?

부디 잊지 마시기 바래요
한 사람의 일로 밤을 새우고
오직 그 일로 해서 지구가 다
무너질 것만 같았던 날들이 분명
우리에게 있었음을

그리하여 우리가 한때나마 지상에서
행복하고 슬프고도 외로운 사람이었음을
부디 후회하지 마시기 바래요.

(2004)

능소화

누가 봐주거나 말거나
커다란 입술 벌리고 피었다가,
뚝

떨어지고 마는 어여쁜
눈부신 하늘의
육체를 본다

그것도 비 내리시는 이른 아침

마디마디 또다시 일어서는
어리디 어린 슬픔의
누이들을 본다, 얼핏.

(2004)

가슴이 콱 막힐 때

　가슴이 콱 막힐 때 있습니다. 답답해서 숨을 못 쉴 것만 같을 때 있습니다. 내 마음속에 당신이 너무 크게 자리 잡고 있는 탓으롭니다. 그렇게는 살지 못하지요. 잠시만 당신을 마음 밖으로 나가 살게 할까 합니다.

　소나무, 버즘나무, 오동나무, 줄지어 선 뜨락의 한구석, 당신을 한 그루 감나무로 세워두려고 그럽니다. 매미 소리 햇빛처럼 따갑게 쏟아지는 한여름을 그렇게 볕받고 서 계신다면 분명 당신의 가지에 열린 감알들도 조금씩 가슴이 자라서 안으로 단물이 들어가겠지요.

　어렵사리 우리의 첫 번째 가을이 찾아오는 날. 우리는 붉게 익은 감알들을 올려다보며 감나무 아래 오래도록 서 있어도 좋겠습니다. 서로의 가슴속에 붉고 탐스럽게 익은 감알들을 훔쳐보며 어린아이들처럼 철없는 웃음을 입술 가득 베어 물어도 좋을 것입니다.

(2004)

쪼끔은 보랏빛으로 물들 때

나 이미 오래전에 남의 아버지 되어버린 사람이지만

아직도 누군가의 어린아이 되고 싶은 때 있다

세상한테 바람맞고 혼자가 되어 쓸쓸할 때

그늘 넓은 나무는 젊은 어머니처럼 부드러운 손길을 뻗쳐 나를 감싸주시고

푸르른 산은 이마 조아려 나를 내려다보며

젊은 아버지처럼 빙그레 웃음 지어 보이신다

짜아식 별걸 다 갖고 그러네

괜찮아, 괜찮아, 조금만 참으면 된다니까

나 머잖아 할아버지 될 입장이지만

아직도 누군가의 철부지 손자거나 아예 어린아이 되고 싶은 때 있다

흘러가는 흰 구름은 잠시 머리 위에 멈춰 서서

보일 듯 말 듯 외할머니 둥그스름한 얼굴 모습도 만들어주고

할머니 작달막한 뒷모습도 보여주지 않는가

오빠야 오빠야 때로는 이름 모를 조그만 풀꽃들 발뒤꿈치를 따라오며

단발머리 어린 누이들처럼 쫑알쫑알 소리 없는 소리들을

가을 들길에 풀어놓지 않는가

나 세상한테 괄시받고 쪼끔은 보랏빛으로 물들었을 때

제 풀에 삐쳐서 쪼끔은 쓸쓸할 때.

(2003)

뭉게구름

햐!
모처럼 맑고 푸르고 높은 하늘

햐!
모처럼 맑고 희고 높은 구름

이런 날은 하늘 높이높이 올라가
구름 위에서 풍덩
세상 속으로 뛰어내려보고 싶다

그럴 듯하게
자살이라도 해보이고 싶다.

(2003)

삼동

어린

딸아이

입다 물린 옷

입고

행복한

아내.

(2002)

노래·2

친구
보내고

매미 다시 울었다

내생의
노래.

(2002)

실연

꿩이
울었다

고향의
산마루에

5월
넥타이.

(2002)

고향

잎

진

감나무

가지에 달랑 남은

까치밥

하

나.

(2001)

삼거리

돌아가거라

순결했던 시절로

저녁 새소리.

(2001)

가을, 마티재

산 너머, 산 너머란 말 속에는
그리움이 살고 있다
그 그리움을 따라가다 보면
아리따운 사람, 고운 마을도
만날 수 있을 것만 같다

강 건너, 강 건너란 말 속에는
아름다움이 살고 있다
그 아름다움을 따라나서면
어여쁜 꽃, 유순한 웃음의 사람도
만날 수 있을 것만 같다

살기 힘들어 가슴 답답한 날
다리 팍팍한 날은 부디
산 너머, 산 너머란 말을 외우자
강 건너, 강 건너란 말도 외우자

그리고서도 안 되거든

눈물이 날 때까지 흰 구름을

오래도록 우러러보자.

(2001)

가을 감

꽃등
밝혔네

잎
버리고
비로소

가을
어머니.

(2001)

일요일

그네가 흔들린다
바람이 앉아서
놀다 갔나 보다

꽃들이 웃고 있다
바람이 간지럼
먹이다 갔나 보다

자고 있는 아기도
웃고 있다
좋은 꿈꾸고 있나 보다.

(2001)

별 한 점

밤하늘에
별 한 점

흐린 하늘을 열고
어렵사리 나와
눈 맞추는 별 한 점
어디 사는 누굴까?

나를 생각하는 그의 마음과
그의 기도가 모여
별이 되었다

나의 마음과
나의 기도와 만나 더욱
빛나는 별이 되었다

밤하늘에

눈물 머금은

별 한 점.

(2001)

괴산 가서

집 떠난 제가 외로우니
산 위에 걸린 구름도
외롭다

아는 사람 없는 낯선 거리
길가에 피어있는 붉은 꽃도
서럽다

강물 거울에 몸 부리고 가는
새야 새, 너
허물 벗으며 어디로 가니?

(2001)

나의 사랑은 가짜였다

말로는 그랬다
사랑은 지는 것이라고
지고서도 마음 편한 것이라고

그러나 정말로 지고서도
편안한 마음이 있었을까?

말로는 그랬다
사랑은 버리는 것이라고
버리고서도 행복해하는 마음이라고

그러나 정말 버리고서도
행복한 마음이 있었을까?

(2000)

봄눈

들길에서 만난 비
마을길에 들어서자
굵은 눈발이 되어 있었다

어, 어, 어, 눈이
일어서서 이리로
걸어오네

무지개 서서
서리서리 무동 서서
폭포 되어 내리는 눈, 눈

앓지 마세요
10년 전이던가
그보다도 훨씬 전이던가

나에게 전해주었던 말

눈송이 하나하나에 적어

오늘은 그대에게 돌려보낸다.

(1999)

가족사진

아들이 군대에 가고
대학생이 된 딸아이마저
서울로 가게 되어
가족이 뿔뿔이 흩어지기 전에
사진이라도 한 장 남기자고 했다

아는 사진관을 찾아가서
두 아이는 앉히고 아내도
그 옆자리에 앉히고 나는 뒤에 서서
가족사진이란 걸 찍었다

미장원에 다녀오고 무쓰도 발라보고
웃는 표정을 짓는다고 지어보았지만
그만 찡그린 얼굴이 되어버리고 말았다

떫은 땡감을 씹은 듯

껄쩍지근한 아내의 얼굴

가면을 뒤집어쓴 듯한 나의 얼굴

그것은 결혼 25년 만에

우리가 만든 첫 번째 세상이었다.

(1998)

나팔꽃

여름날 아침, 눈부신 햇살 속에 피어나는 나팔꽃 속에는 젊으신 아버지의 목소리가 들어있다.

애야, 집안이 가난해서 그런 걸 어쩐다냐. 너도 나팔꽃을 좀 생각해보거라. 주둥이가 넓고 시원스런 나팔꽃도 좁고 답답한 꽃 모가지가 그 밑에서 받쳐주고 있지 않더냐? 나는 나팔꽃 모가지밖에 될 수 없으니, 너는 꽃의 몸통쯤 되고 너의 자식들이나 꽃의 주둥이로 키워보려무나. 안 돼요, 아버지. 안 된단 말이에요. 왜 내가 나팔꽃 주둥이가 되어야지, 나팔꽃 몸통이 되느냐 말이에요!

여름날 아침, 해맑은 이슬 속에 피어나는 나팔꽃 속에는 아직도 대학에 보내달라 투덜대며 대어드는 어린 아들을 달래느라 진땀을 흘리는 젊으신 아버지의 애끓는 목소리가 숨어있다.

(1998)

봄·1

딸기밭 비닐하우스 안에서
애기 울음소리 들린다
응애 응애 응애

애기는 보이지 않고
새빨갛게 익은 딸기들만
따스한 햇볕에
배꼽을 내놓고 놀고 있다

응애 응애 응애
애기 울음소리
다시 들리기 시작한다.

(1998)

갑사 입구

내가 사람들 데리고 와
거짓말 한 마디씩 할 때마다
소나무 푸른 솔 이파리 바늘은 시들고

내가 또
욕지거리 한 마디씩 지껄일 때마다
소나무 푸른 솔 이파리 바늘은 병들고

또 내가
나쁜 생각 한 번씩 할 때마다
소나무 푸른 솔 이파리 바늘은 땅으로 떨어져

이제는 바람이 몰려와도
쏴쏴 저승의 바다 물결 소리
받아 외울 줄도 모르는
갑사 입구의 소나무들

팔다리 내어준 민둥 몸으로

술 취한 노을에 기대어

다만 속울음 삼키고 있음이여.

(1997)

메밀꽃이 폈드라

메밀꽃이 폈드라
새하얗드라

여름내 흰 구름이
엉덩이 까 내리고
뒷물하던 자리

바람의 칼날에 몰려
벼랑 끝에 메밀꽃이
울고 있드라

끝끝내 아무도 없드라
메밀꽃은 대낮에도
달밤이드라.

(1997)

모처럼 맑은 하늘

초록의 들판으로 터진 길 위에서 중얼거려본다. 나무 나무 종달이 지빠귀 어치 씀바귀 민들레 강아지풀…… 내 몸이 점점 작아지기 시작한다. 손가락 끝 발가락 끝에 초록색 물감이 들기 시작한다. 뻐꾸기 뻐꾸기 할미새 보리똥열매 참빗나무 하눌타리…… 내 몸이 더욱 더 작아진다. 온몸에 초록색 물감이 든다. 드디어 나는 한 마리 초록의 벌레가 되어 나무 이파리 위를 기어간다. 이제 나무 이파리는 드넓은 벌판이다. 더듬이를 세워 허공을 휘저어본다. 모처럼 맑은 하늘이시다.

(1997)

노

아들이 입대한 뒤로 아내는 새벽마다 남몰래 일어나 비어 있는 아들 방문 앞에 무릎 꿇고 앉아 몸을 앞뒤로 시계추처럼 흔들며 기도를 한다.

하나님 아버지, 어떻게 주신 아들입니까? 그 아들 비록 어둡고 험한 곳에 놓일지라도 머리털 하나라도 상하지 않도록 주님께서 채금져 주옵소서.

도대체 아내는 하나님한테 미리 빚을 놓아 받을 돈이라도 있다는 것인지, 하나님께서 수금해 주실 일이라도 있다는 것인지 계속해서 채금債金져 달라고만 되풀이 되풀이 기도를 드린다.

딸아이가 고3이 된 뒤로부터는 또 딸아이 방문 앞에 가서도 여전히 몸을 앞뒤로 흔들며 똑같은 기도를 드린다.

하나님 아버지, 이미 알고 계시지요? 지금 그 딸 너무나 힘든 공부를 하고 있는 중이오니, 하나님께서 그의 앞길에 등불이 되어 밝혀 주시고 그의 모든 것을 채금져 주옵소서.

우리 네 식구 날마다 놓인 강물이 다를지라도, 그 기도 나룻배의 노가 되어 앞으로인 듯 뒤로인 듯, 흔들리며 나아감을 하나님만 빙긋이 웃으며 내려다보고 계심을, 우리는 오늘도 짐짓 알지 못한 채 하루를 산다.

(1997)

단풍

숲속이 다, 환해졌다
죽어가는 목숨들이
밝혀놓은 등불
멀어지는 소리들의 뒤통수
내 마음도 많이, 성글어졌다
빛이여 들어와
조금만 놀다 가시라
바람이여 잠시 살랑살랑
머물다 가시라.

(1996)

한밤중에

한밤중에
까닭 없이
잠이 깨었다

우연히 방 안의
화분에 눈길이 갔다

바짝 말라 있는 화분

어, 너였구나
네가 목이 말라 나를
깨웠구나.

(1992)

참말로의 사랑은

참말로의 사랑은

그에게 자유를 주는 일입니다

나를 사랑할 수 있는 자유와

나를 미워할 수 있는 자유를 한꺼번에

주는 일입니다

참말로의 사랑은 역시

그에게 자유를 주는 일입니다

나에게 머물 수 있는 자유와

나를 떠날 수 있는 자유를 동시에

따지지 않고 주는 일입니다

바라만 보다가

반쯤만 눈을 뜨고

바라만 보다가.

(1992)

미스 민

미스 강 미스 장 미스 진
그 흔한 술집 성씨 중의 하나인
미스 민
아버지 어머니가 물려주고 지어준
성씨와 이름은 아예 어느 시궁창에다
버리고 왔는지
그냥 미스 민
어느 해 여름날 밤이던가
미친 바람이 불어 찾아간 부여의
뒷골목
이름조차 아리송한 후진 맥줏집
그녀도 한 마리 짐승이 되고
나도 한 마리 짐승이 되어
만난 미스 민
실컷 지껄이고 웃고
실컷 술 마시고 그냥 그렇게
그날 밤 헤어졌는데

그 뒤로 얼마의 세월이

흘렀던가 어느 날

공주의 뒷골목 청솔이란

술집에 찾아갔더니

아, 거기 미스 민이

와있는 게 아닌가

실은 나는 언제 그녀를 만났는지

어디서 만났는지

깡그리 잊어먹고 있었는데

그녀는 나를 보자 담박 알아보는 게 아닌가

언제 어디서 누구와 만났는지

그 모든 것들을 소상하게

기억하고 있을 뿐 아니라 그날 밤

내가 적어준 시 메모쪽지까지

손지갑에 소중히

간직하고 있는 게 아닌가

그때의 그 부끄럽던 마음이라니……

더럽혀질 대로 더럽혀진 나의 마음에 비하여

그녀는 얼마나 깨끗한 순정을 지닌

이 나라의 아름다운 한 사람

아낙이던가……

알아주는 사람 있으나마나

제멋대로 피었다 제멋대로 지는

서럽도록 노랗고 파란 우리나라 들꽃인

달맞이꽃이나 달개비 아니면 꼭두서니 같은

미스 민

술을 많이 마시면 피가 더러워져서

살이 찌고 얼굴빛이 검어져요

슬프게 웃으며 말하던

술집 성씨 미스 민.

(1990)

행복 · 1

1

딸아이의 머리를 빗겨 주는
뚱뚱한 아내를 바라볼 때
잠시 나는 행복하다
저의 엄마에게 긴 머리를 통째로 맡긴 채
반쯤 입을 벌리고
반쯤은 눈을 감고
꿈꾸는 듯 귀여운 작은 숙녀
딸아이를 바라볼 때
나는 잠시 더 행복하다.

2

학교 가는 딸아이
배웅하러 손잡고 골목길 가는
아내의 뒤를 따라가면서
꼭 식모 아줌마가
주인댁 아가씨 모시고 가는 것 같애

놀려 주면서

나는 조금 행복해진다

딸아이 손을 바꿔 잡고 가는 나를

아내가 뒤따라오면서

꼭 머슴 아저씨가

주인댁 아가씨 모시고 가는 것 같애

놀림을 당하면서

나는 조금 더 행복해진다.

(1990)

하오의 슬픔

세상에 와서 내가
한 일이라곤 고작
글 몇 줄 쓴 일밖에 없는데
공연스레
하얀 종이만 함부로
버려놓고 말았구려

세상에 와서 내가
한 일이라곤 고작
그대 좋아한 일밖에 없는데
공연스레
그대 고운 마음만
아프게 만들고 말았구려

어느 날 찬물에 손을

씻다가 본

손에 묻었던 파아란 잉크빛

그 번져가는 슬픔을 보면서.

(1990)

비 오는 아침

팔랑팔랑
노랑나비 한 마리
춤을 추며
날아갑니다

살랑살랑
노랑 팬지꽃 한 송이
노래하며
걸어갑니다

우리집 딸아이
노랑 우산 받쳐 들고 가는
아침 학교길

옷 벗고 추운 봄날
비 오는 아침.

(1990)

모처럼

애기 낳을 사람 없어
애기 울음소리조차 끊긴 마을
모처럼 담장 너머 빨랫줄에
눈부신 기저귀
애기 똥오줌 받아주는
저 눈부신 하얀 기저귀만이
우리의 참된 희망이네

눌러사는 사람 없어
빈집이 늘어가는 마을
모처럼 굴뚝 모퉁이 처마 밑에
거꾸로 매달린 시래기 호박고지
더러는 메주덩어리
저들만이 우리의 쓸쓸한 밥통을
채워줄 참된 이웃이네.

(1989)

유월에

말없이 바라
보아주시는 것만으로도 나는
행복합니다

때때로 옆에 와
서주시는 것만으로도 나는
따뜻합니다

산에 들에 하이얀 무찔레꽃
울타리에 덩굴장미
어우러져 피어나는 유월에

그대 눈길에
스치는 것만으로도 나는
황홀합니다

그대 생각 가슴속에

안개 되어 피어오름만으로도

나는 이렇게 가득합니다.

(1989)

옆자리

옆자리에 계신 것만으로도 나는
따뜻합니다
그대 숨소리만으로도 나는
행복합니다
굳이 이름을 말씀해주실 것도 없습니다
주소를 알려주실 필요도 없습니다
또한 그대 굳이 나의 이름을
알려 하지 마십시오
주소를 묻지 마십시오
이름 없이 주소 없이 이냥
곁에 앉아 계신 따스함만으로도
그대와 나는 가득합니다
보이지 않는
그대와 나의 가슴 울렁임만으로도
우리는 황홀합니다
그리하여 인사 없이 눈짓 없이
헤어지게 됨도

우리에겐 소중한 사랑입니다.

(1989)

기도

거짓 희망을 준 사람이 있다면
그에게
거짓 희망을 준 하나님이 계시다면
하나님에게
감사하고 감사하리니
오늘, 하나님
주실 수만 있다면
거짓의 희망이라도
거듭 주십소서
거짓 희망이라도 없는 것보다는
낫기에
거짓 희망이라도 순간순간
견딜 수 있는 힘이 될 것을
믿기에.

(1987)

노래 · 1

배고픈 시절 부르던 노래여

그대 보고픈 날 불던 휘파람 소리여.

(1987)

편지

기다리면 오지 않고
기다림이 지쳤거나
기다리지 않을 때
불쑥 찾아온다
그래도 반가운 손님.

(1986)

시·1

잡으려면 도망치고
그냥 두면 따라온다
차라리 성가신 아이.

(1986)

사랑·1

그가 섭섭하게 대해 줄 때
내게 잘해 준 일만 생각합니다
그가 미운 마음 가질 때
나를 위해 기도해 준 일 생각합니다
그가 크게 실망하고 슬퍼할 때
작은 일에도 기뻐하던 때 되새깁니다
그가 늙고 병들어 보잘 것 없어질 때
젊어 예쁘던 때를 기억하겠습니다.

(1986)

그대 지키는 나의 등불·30

눈이 온다
첫눈이 온다
오는 눈은 강물 위에
떨어져 죽는다
강물의 알몸에
제 알몸을 섞으며
기쁘게 죽는다
그래서 하나가 된다
그대가 강물이라면
내가 첫눈이라면
그대의 강물 위에
내 첫눈을 섞으며
그렇게 죽고 싶다
기쁘게 죽고 싶다
그래서 하나가 되고 싶다.

(1986)

그대 지키는 나의 등불·25

시시하고 재미없는 세상

그대 만나는 것이 내게는

단 하나 남은 희망이었소

그대 만남으로 새로운

슬픔이 싹트고

새로운 외로움이 얹혀진다 해도

그대 만나는 일이 내게는

마지막으로 남은 행복이었소

나에게 허락된 날이 하루뿐이라면

하루치의 희망과 행복

또 그것이 1년뿐이라면

1년치의 행복과 희망

내 사랑 그대여

부디 오늘도 안녕히.

(1986)

그대 지키는 나의 등불 · 12

강물은 흐른다

그대 생각하는 내 마음도 흐른다

나무는 춥다

그대 생각하는 내 마음도 춥다

날 어둡자

하늘에 별이 반짝인다

반짝이는 게 어디 별뿐이랴

그대 생각하는 내 마음도 반짝인다

마을의 불빛은 애닯다

애달픈 게 어디 마을의 불빛뿐이랴

그대 지키는 내 마음의 등불도 애닯다.

(1986)

그대 지키는 나의 등불·6

배가 고픈 날은 더욱 춥다
추운 날은 더욱 배가 쓰리다
창밖에는 빗소리
술잔에 술을 따르듯
쉬임 없이 이어지는
가을 빗소리
이 비 그치면 겨울이 오리라
얼음의 외투를 걸친 겨울이 문득
우리 앞을 막아서리라
그대도 이 빗소리 듣고 있는지,
얼룩진 유리창 안에 갇혀
이 빗소리 들으며
나를 생각하는지……

(1986)

그대 지키는 나의 등불·1

겨울이 오기도 전에 나는
한 계집애를 사랑했습니다
술집에서 술도 팔고
웃음도 파는 한
싸구려 계집애를
하나님 허락도 없이
사랑했습니다
어쩌다 어쩌다 그리되었습니다
하나님이 아시면 분명
좋아하시지 않을 일이라서
겁이 났습니다만
어쩔 수 없었습니다
가을이 가기도 전에 나는
하나님 나라에서
별 하나를 훔쳤습니다.

(1986)

215

굴뚝각시를 찾습니다

우리 마을에 살던
굴뚝각시가 없어졌습니다
어느 날 갑자기 없어졌습니다
어쩌면 무작정
상경이라도 해 버렸는지 모릅니다

혹시 이런 사람 보셨는지요?
쉰 살 정도 되는 중늙은이 아낙네
아무나 보고 히죽히죽 웃는 여자
비 오는 날에도 우산을 받지 않는 여자
아마 불에 타다만 옷을 걸쳤을 것이고
얼굴에는 숯검정이 칠해져 있을 게지만
그래도 머리만은 쪽을 졌고
흰 고무신을 신었을 겁니다

성한 사람들이 볼 때

그저 한 사람 미친 여자이지만

세상에서 죄를 그다지 많이 만들지 않는 여자입니다

잘못한 것이 있다면 밥을 훔쳐 먹은 일

길가에서 잠을 잔 일 정도일 겁니다

굴뚝각시를 찾습니다

혹시 굴뚝각시를 만나거든

말씀 좀 전해 주십시오

공주읍 금학동 사람들이 찾더라고

객지에 나가 고생하지 말고

금학동으로 돌아오라

하더라고.

(1985)

껍질

멀리서 웃고 있는 흰 구름을 버린다
그냥 버린다
멀리서 챙이 넓은
여름모자를 쓰고 오는 여자도
버린다
아주아주 버린다
담 밑에 피어 있는
일년초 풀꽃도 버린다
잔인하게 버린다
귀 기울여 듣던
물소리 새소리
풀벌레 울음소리도
버린다
아낌없이 버린다
그리하여 나도 버린다
껍질만 남고자 한다
껍질만 남은

흰 구름

껍질만 남은

여름모자를 쓴 여자

껍질만 남은 풀꽃

껍질만 남은

새소리 물소리

풀벌레 소리

그리고 나.

(1985)

바람이 붑니다

바람이 붑니다
창문이 덜컹댑니다
어느 먼 땅에서 누군가 또
나를 생각하나 봅니다

바람이 붑니다
낙엽이 굴러갑니다
어느 먼 별에서 누군가 또
나를 슬퍼하나 봅니다

춥다는 것은 내가 아직도
숨쉬고 있다는 증거
외롭다는 것은 앞으로도 내가
혼자가 아닐 거라는 약속

바람이 붑니다

창문에 불이 켜집니다

어느 먼 하늘 밖에서 누군가 한 사람

나를 위해 기도를 챙기고 있나 봅니다.

(1985)

빈 몸으로 왔으니

나는 날마다 몇 명씩의 아내를
죽이거나 내쫓거나 한다
길거리를 떠돌다가 마음에 드는 여자
젊고 싱싱하고 예쁜 여자를 만나면
차례로 내 아내로 만들었다간
차례로 내쫓거나
나가지 않으면 죽여버린다

나는 날마다 몇 채씩의 집을
태워버리거나 팔아버린다
길거리를 떠돌다가 마음에 드는 집
아담하고 편리하게 지은 집을 보면
역시 차례대로 내 집으로 만들었다간
차례대로 팔아버리거나
팔리지 않으면 불태워버린다

그리하여 밤이 되면

빈방에 눕는다

밝은 달 빛나는 별빛

시원한 바람 속에 빈 몸으로 왔으니

빈 몸이 되어

빈방에 눕는다.

(1985)

보리베기

어머니, 서두르시지요

따가운 햇살 퍼지기 전

이슬 마르기 전

보리를 베어야지요

종일 낫질을 해보았댔자

손바닥만 부르틀 뿐

반품삯도 나오지 않는 보리베기

보리밭에 익은 보리모개들이

빳빳하게 서서 사람을 노려보는군요

엇슥엇슥 보리를 베다보면 보리꺼럭들은

팔이며 모가지며 얼굴을

아프게 찌르는군요

어머니, 저는 보리밭에 익은 보리들처럼

빳빳하게 서서 세상을 노려볼 수 없는 것이 슬퍼요

밑동째 잘리면서도 사람을 찌르는 보리꺼럭들처럼

세상을 아프게 찌를 수 없는 것이 답답해요

어머니, 드디어

땀방울은 흘러 눈에 들면

쓰린 소금이 되는군요.

(1985)

달이 뜨면 만나자
—어느 남북 이산 오누이 상봉 대화

달님이 둥근
보름달님이 떠오르면 만나자
너는 북쪽에서 달을 보거라
나는 남쪽에서 달을 보마
어쩌면 달 속에 우리 얼굴이
마주 비쳐질 거라
그리하여 우리는 밤새도록
헤어지지 말자꾸나
달님도 우리 오누이 위해
밝게 밝게 비쳐주겠지
북쪽땅 남쪽땅
고루고루 비쳐주겠지
달님은 하나인데
땅덩어리도 하나인데
몸만은 두 곳으로 나뉘어
우리가 이리 슬프구나.

(1985)

226

점

얼굴이 하얀 여자는
자기 얼굴에 난
까만 점이 부끄러웠다
그러나 남자는 그 점이
사랑스러웠다
여자의 부끄러워하는 마음과
남자의 사랑하는 마음이
그 여자의 까만 점 안에서 만나
더욱 빛나고 단단한
또 하나의 점을 이룩했다.

(1985)

아기 신발 가게 앞에서

세상 살맛

무척이도 없는 날은

길거리 아기 신발 가게를 찾아가

유리창 안에 갇혀진

아기 신발들을 바라본다

조그맣고 예쁘고 고운 아기 신발들에

담겨질 만큼의 사랑과 기쁨과

세상 살 재미들을 요량해 본다

저 신발의 임자는 누구일까……

저 신발을 신고 걸어 다닐

조그맣고 보드라운 맨발을 가진

어린 사람은 누구일까……

유리창 너머 풀밭 사잇길로

아기가 웃으며 걸어온다

아기는 구름 모자를 썼다

아기는 바람의 옷을 입었다

아가, 이리 온

소리내어 부르자 아기는 사라지고

차디찬 유리창만이 내 앞을

막아설 뿐.

(1985)

금학동 귀로

개구리 운다
청개구리 운다
집이 가까워졌나 보다

바람이 분다
시원한 바람이 분다
오늘도 늦었나 보다

물소리 들린다
맑은 물소리 들린다
집 식구들 기다리겠다.

(1985)

겨울행

열 살에 아름답던 노을이
마흔 살 되어 또다시 아름답다
호젓함이란 참으로
소중한 것이란 걸 알게 되리라

들판 위에
추운 나무와 집들의 마을,
마을 위에 산,
산 위에 하늘,

죽은 자들은 하늘로 가
구름이 되고 언 별빛이 되지만
산 자들은 마을로 가
따뜻한 등불이 되는 걸 보리라.

(1984)

3월에 오는 눈

눈이라도 3월에 오는 눈은
오면서 물이 되는 눈이다
어린 가지에
어린 뿌리에
눈물이 되어 젖는 눈이다
이제 늬들 차례야
잘 자라거라 잘 자라거라
물이 되며 속삭이는 눈이다.

(1984)

노을

보아주는 이 없어서

더욱 아리따운 아낙이여.

(1984)

인간 예수

낮은 자리 앉으므로
높은 자리에 서고
뒷자리에 서므로
앞서가는 사람

바람 앞에서도
꺾이지 않는
풀잎이고자,
눈비 앞에서도
시들지 않는
꽃잎이고자,

끝끝내
사람 하나였으므로
사람이 아니었던
사람.

(1984)

한 사람

쓰러질 듯 비틀거리며 사라지는
나의 뒷모습
안 보일 때까지 바라보아 주는
한 사람

까무러칠 듯 하루의 노동으로부터
돌아와 잠드는 내 얼굴
날이 샐 때까지 지켜보아 주는
한 사람

나중에 나중에
나 세상 떠날 때
망가진 몸과 마음
부드러운 손으로 싸안아 받아 주실
오직 한 사람.

(1984)

주제넘게도

주제넘게도, 남은 청춘을 생각해본다
주제넘게도, 남은 사랑을 생각해본다
촛불은 심지까지 타버리고 나서야 촛불이고
사랑은 단 한 번뿐이라야 사랑이라던데…….

(1983)

별곡집

14

나 쓸쓸한 때 쓸쓸해하지 말라고
찾아오는 사람, 그도 역시 쓸쓸한 사람
돌아가는 바람의 여윈 어깨여
떨어지는 낙엽의 마른 손이여.

(1981)

37

수은등 아래 스카프로 귀만 가리고
나를 기다려주던 사람, 장갑 벗고 가만히
차고 조그만 손을 쥐어주던 사람
지금은 없네, 내게 가까이 없네.

(1975)

38

별이 흐르듯 바람 멈추듯

느티나무 밑에 서서 하늘을 보며

흰 구름에 그대 얼굴 새기다 눈물이 고여

나 여기 혼자 돌아감을 그대는 아실는지요…….

(1976)

91

산버찌나무 아래서 두 눈이 마주쳤다네

산버찌나무 아래서 두 손을 잡았었다네

지금은 어른 된 나무 옛날의 키 작은 아기 산버찌,

산버찌나무 아래서 우리는 울면서 헤어졌다네.

(1982)

120

지구는 하나, 꽃도 하나,

너는 내가 피워낸 붉은 꽃 한 송이

푸른 지구 위에 피어난 꽃이 아름답다

바람 부는 지구 위에 네가 아름답다.

(1982)

119

별처럼 꽃처럼 하늘에 달과 해처럼

아아, 바람에 흔들리는 조그만 나뭇잎처럼

곱게곱게 숨을 쉬며 고운 세상 살다가리니,

나는 너의 바람막이 팔을 벌려 예 섰으마.

(1982)

121
여름방학 때 문득 찾아간 시골 초등학교
햇볕 따가운 운동장에 사람 그림자 없고
일직하는 여선생님의 풍금 소리
미루나무 이파리 되어 찰찰찰 하늘 오른다

(1982)

비애집·7

앓는 아내와 함께
찾아간
가을
갑사,
하늘 깊은 우물 속
여린 감나무 가지 끝
달게 익은 산감이여
새삼스레 차거운
골짜기의 물소리여
빛 부신 돌자갈밭의
가을볕이여
작년엔
아이들 데리고 왔던 곳,
힘겹게
앓는 아내와 힘겹게
찾아온
가을

갑사,

돌계단이여

시든 숲이여

철 지난 풀벌레 소리여.

(1982)

비애집 · 6

병원에 있는 아내 퇴원하면
가을이라도 맑은 가을날,
땅 위의 모든 사람과 모든 살아있는 것들의
영혼의 그림자까지도 비칠 것 같은
가을 하늘 아래에서의 맑은 날,

새 신발 사서 신기고
새 옷 사서 입히고
꽃이라도 한 아름 예쁜 꽃으로 사서 안겨서
전라도라 전주땅, 풍남문 근처
비빔밥과 콩나물국밥으로 이름난 한일관
남도 제일의 새 입맛 찾아
비빔밥이나 콩나물국밥 한 그릇
사서 먹고 돌아오리

강원도라 대관령 아흔아홉 굽이

돌고 돌아 이성선 시인이 사는 속초 땅

나 혼자만 보고 와 미안했던

맑고 푸른 동해 물결 보여주리

오징어 비린내 바다 비린내 사람 비린내

허옇게 이빨 드러내놓고 속살 드러내놓고

허옇게 웃는 파도 소리 물소리 모래 소리 들려주리

오는 길에 단풍에 물든 한계령

못 보고 죽으면 원통하다는 원통골의

이승의 수풀 아닌 것 같은 수풀들 보여주리.

(1982)

들길

네가 들에 난 풀포기 콩포기 돔부꽃 되어
나를 기다리다 못해 혼자 시들어간다면
어쩌리 그 외로움을 어쩌리 싶어서 나는
오늘도 들길에 나왔다, 들길을 간다.

(1981)

할 수만 있다면

할 수만 있다면 너를 사랑한다는 말만은
입 밖에 내지 말고 얼굴에 나타내지도 말고
입 옥물어 피를 삼키듯 저승으로 가지고 가고 싶다
마지막 돌아서는 날 눈물이 가슴을 메운다 해도.

(1981)

변방 · 52

그리운 이여, 안녕?

지리한 장마 거쳐 찬란히 볕 드는 날

새로 피어나는 무궁화꽃 섶울타리를 배경으로

그대가 만약 생모시 치마저고리 차려입고 나와 계신다면,

방학이 되어 잠자리안경 서울에 벗어두고

고향으로 돌아가

석류꽃 새로 피어 울 넘어 하늘을 보는

허물어진 돌담불길을 홀로 걷고 계신다면,

나는 시나대숲에 속살대는 바람 되어 가리.

열여섯 선머슴아이 머리칼인 양

부드럽고 향그럽게 숨쉬는

한 떼의 대숲바람 되어

그대 옷깃에 스미리.

(1979)

변방 · 19

9월이
지구의 북반구 위에
머물러 있는 동안
사과는 사과나무 가지 위에서 익고
대추는 대추나무 가지 위에서 익고
너는
내 가슴속에 들어와 익는다.

9월이
지구의 북반구 위에서
서서히 물러가는 동안
사과는
사과나무 가지를 떠나야 되고
대추는
대추나무 가지를 떠나야 하고
너는
내 가슴속을 떠나야 한다.

(1980)

변방·1

강물이
강물에 잠긴 조약돌과 모래가
고향으로 가는 좁은 길이
사실은 내 것이 아니라.

하늘에 뜬 흰 구름이
들에 핀 풀꽃이
또 비 맞고 서있는 산과 나무들이
사실은 네 것도 아니라.

곱게 쓰다 돌려줘야지.
너무 함부로 우악스레 쓰지 말고
이왕 네 것도 내 것도 아닌 바에는
곱게 간직하다 고스란히 돌려줘야지.

누군가 우리가 모르는 사람들에게

우리처럼 강물과 조약돌과

들에 핀 풀꽃과

비 맞고 서있는 산과 나무를

말없이 좋아하는 미지의 그들에게

고스란히 상처내지 말고 선사해야지.

(1980)

사랑이여 조그만 사랑이여 · 63

유난히 키가 큰 비가 내렸다,
키 작은 그 애를 위하여.

유난히 눈이 하얀 비가 내렸다,
눈이 까만 그 애를 위하여.

산장,
사방이 유리창으로 싸여 있는 집,
유리창으로 담쟁이덩굴이 기웃거리는
집에서.

비가 되었다.
담쟁이덩굴이 되었다.
음악 뒤에 몸과 마음을 숨겼다.

비어 있는 의자,

그 애가 보이지 않아서

갑자기 나는 불안해졌다.

선생님,

뭘 두리번거리시는 거예요?

빗속에서 웃고 있었구나.

담쟁이덩굴 속에서 웃고 있었구나.

음악 속에서 웃고 있었구나.

사뿐,

그 애는 의자에 돌아와 앉는다.

(1981)

사랑이여 조그만 사랑이여 · 58

떠나야 할 때를 안다는 것은
슬픈 일이다.
잊어야 할 때를 안다는 것은
슬픈 일이다.
내가 나를 안다는 것은 더욱
슬픈 일이다.

우리는 잠시 세상에
머물다 가는 사람들.
네가 보고 있는 것은
나의 흰 구름.

내가 보고 있는 것은
너의 흰 구름.
누군가 개구쟁이 화가가 있어
우리를 붓으로 말끔히 지운 뒤
엉뚱한 곳에 다시 말끔히 그려 넣어 줄 수는
없는 일일까?

떠나야 할 사람을 떠나보내지 못하는 것은

안타까운 일이다.

잊어야 할 사람을 잊지 못하는 것은

안타까운 일이다.

그러한 나를 내가 안다는 것은 더더욱

안타까운 일이다.

(1981)

사랑이여 조그만 사랑이여 · 56

너의 총명함을 사랑한다.

너의 젊음을 사랑한다.

너의 아름다움을 사랑한다.

너의 깨끗함을 사랑한다.

너의 꾸밈 없음과

꿈 많음을 사랑한다.

너의 이기심도 사랑해 주기로 한다.

너의 경솔함도 사랑해 주기로 한다.

그리고 너의 유약함도 사랑해 주기로 한다.

너의 턱없는 허영과

오만도 사랑하기로 한다.

(1981)

사랑이여 조그만 사랑이여 · 36

네 나이 또래의 처녀애들을 보면
내 가슴은 무지갯빛 가슴이 되고
나의 두 눈은 두 자루의 촛불이 된다.

햇빛 속에서 햇빛으로 부서져
수런대는 나뭇잎새 사이 바람으로 부서져
이리로 오는 처녀애들, 처녀애들……

그 눈매 하나하나
그 입술 하나하나
그 머리카락 하나하나
그 팔과 다리 하나하나가
반짝이는 나뭇잎새 되고
작은 가슴 할딱이는 아기새 되고
이슬 머리 감는 풀잎이 되고
비늘 뒤집는 물고기
튼튼한 지느러미의 물고기 되어
이리로 오느니, 헤엄쳐 오느니……

오, 자랑스런 아름다움이여.
우아함이여.
네 나이 또래 아이들 앞에서 나는
그저 그득히 고여 출렁이는 바다
바다를 넘는 돛단배일 뿐,

살아 있음이여.
내가 살아서 네 앞에서 숨쉼이여.
너는 수없이 내 앞을 지나쳐 가고
나를 거들떠보지도 않은 채
저희들끼리의 즐거움에 묻혀 흘러가고
목우,
나는 조그만 목우 되어
그 자리에 서기로 한다.

(1981)

사랑이여 조그만 사랑이여·25

너로 하여
세상이 초록빛으로 변했다면
아마 너는 나를
거짓말쟁이라 할 것이다.

너로 하여
세상이 갑자기 신바람 나는 세상이 되었다면
역시 너는 나를
거짓말쟁이라 할 것이다.

너를 얻은 뒤부터
세상 전부를 얻은 것 같았다고 말한다면
더더욱 너는 나를
거짓말쟁이라 할 것이다.

너로 하여

나의 세상이 서럽고 외로운 세상이 되었다면

그 또한 너는 나를

거짓말쟁이라 할 것이다.

(1981)

사랑이여 조그만 사랑이여 · 24

사랑은
안절부절.

사랑은
설레임.

사랑은
서성댐.

사랑은
산들바람.

사랑은
나는 새.

사랑은
끓는 물.

사랑은

천의 마음.

(1981)

사랑이여 조그만 사랑이여 · 5

하루만 보지 못해도
무슨 일이 있지나 않을까……
네가 나를 아주 잊어버리지나
않았을까……

길모퉁이 담장 아래에도
너는 서 있고
공원의 나무 아래 벤치에도
너는 앉아 있고

오가는 사람들의 물결 속에도
너는 섞여 있고
길거리 밝은 불빛 속에서도
너는 웃으면서 내게로 온다.

아, 그러나
너는 언제나 내 앞에 없었다.

(1981)

사랑이여 조그만 사랑이여 · 1

온종일 창가에 서서
네 생각 하나로 날이 저문다.

물오르는 나무들
초록불 활활 타오르는
나무들을 바라보며

나 또한
물오른 나무,
초록불 활활
타오르는 나무라 치자.

가슴속에 눈빛에
팔과 다리에
푸우런 풀빛 물드는
한 그루 나무라 치자.

(1981)

딸

너를 안으면 풀꽃 냄새가 난다
세상에 오직 하나 있는 꽃,
아무도 이름 지어 주지 않는 꽃,
네게서는 나만 아는 풀꽃 냄새가 난다.

(1980)

세상은

돌 지난 딸아이 보드랍고 깨끗한 맨발
그 발로 볼 부비며 느끼고 느끼나니
세상은 그토록 보드랍고 깨끗한 거냐!
네 깨끗함으로 무너지는 하늘을 지켜다오.

(1980)

막동리 소묘

14

비가 오면 산의 눈썹도 파르라니 젖어서

비가 오면 산의 가슴도 들먹숨을 쉬어서

파아란 새싹은 돋는다, 그대 눈물자죽.

진보랏빛 제비꽃은 무더기로 피어난다, 그대 발자죽.

(1977)

15

탱자꽃 탱자꽃 하얀 탱자꽃

그대 웃는 입매무새 눈매무새 들어 있는 꽃.

웃을까 말까 웃을까 말까 전생에

날 사랑하옵신 그 사람 웃는 눈매 들어 있는 꽃.

(1977)

18

베갯모에 수놓인 두 마리의 두루미같이.

댓돌 위에 벗어논 두 켤레의 비단신같이.

사랑이여, 길고 짧은 두 매듭의 옷고름같이.

수줍음이여, 이슬길 풀섶에 숨어 피는 풀꽃과 같이.

(1978)

17

보리밭에 바람이 실리면 보리밭은 파도,

소금 냄새는 없어도 보리밭은 저 혼자 바다 파도,

보리밭 사잇길로 춤추며 달려오는 여자, 복숭아빛 무르팍.

아…… 구름의 면사포는 뉘에게 주나!

(1974)

31

자수정 목걸이 줄줄이 늘인 등나무 아래

구름은 첫애기 어르는 젊은 어머닌 양 하고

바람은 혼기 맞아 살가운 누인 양 하여

아, 살아 있는 목숨이 이토록 향기로울 줄이야…….

(1979)

33

뻐꾸기 울음은 보랏빛, 꾀꼬리 울음은 황금빛,

기인 날을 툇마루 끝에 생각도 없이.

뻐꾸기 울음은 오동꽃빛, 꾀꼬리 울음은 작약꽃빛,

박우물 가에 고이는 햇살을 바라보면서.

(1979)

45

저 처자 모시적삼 안섶 안에 딸깃빛 꽃물

저 처자 무명약지 반달손톱에 노을빛 꽃물

이슬이 스밀라 바람이 넘볼라

저 처자 모시적삼 안섶 안에 반달손톱에.

(1977)

48

수밀도, 그대를 벗기려다 그만

두 손이 함빡 젖었습네다.

열일곱 계집애 속살이 부끄러운 줄도 모르고,

입술이 함초롬 가슴이 함초롬.

(1977)

86

바람 되어 나를 만나러 머언 길 찾아왔다가

차마 잠든 나 깨우지 못해 창밖에서 서성이던 사람,

아침이면 발부리 붉힌 단풍나무 되어 우뚝 섰어라.

담장 밑을 구르는 낙엽 되어 발길에 채여라.

(1977)

97

말을 아껴야지, 눈물을 아껴야지,
참고 참으면 사람의 말에서도 향내가 나고
아끼고 아끼면 사람의 눈물도 포도알이 될 것이다.
혼자 속삭이는 말, 돌아서서 지우는 눈물.

(1979)

98

너를 무어라고 이름 지으면 좋을까?
꽃이라고 부르면 너는 벌써 꽃이 아니고
시라고 이름 지으면 너는 벌써 시가 아니어서
나는 끝끝내 네 이름을 짓지 못하고 산다.

(1979)

99

말하고 보면 벌써 변하고 마는 사람의 마음
말하지 않아도 네가 내 마음 알아줄 때까지
내 마음이 저 나무 저 흰 구름에 스밀 때까지
나는 아무래도 이렇게 서 있을 수밖엔 없다.

(1979)

102

뜨거운 말씀은 가슴에 묻어라, 가을 풀씨.

그립은 얘길랑 두었다 하자, 가을 풀열매.

마음에 새긴 말이라고 어찌 다 드릴까 보냐.

마음에 새긴 말이라고 어찌 다 드릴까 보냐.

(1977)

103

가난도 잘만 갈고 닦으면 보석이 된다.

하늘나라의 풀이파리, 기와집, 하늘나라의 솟을대문,

으리으리 얼비치는 보석이 된다.

누가 감히 우리의 빛나는 보석을 부끄럽다 이르겠는가!

(1977)

122

눈도 소나무 위에 내리면 꽃이 되고

고샅길에 내리면 쓰레기가 된다.

꽃과 쓰레기를 함께 주시는 하나님,

우리에게도 좋은 것과 나쁜 것을 함께 주실 것이다.

(1980)

124

세상에서 숨길 거두었어도 어디엔가

다람쥐 마을에라도 살아 있으려니 믿어지는 사람,

살아서보다 죽어서 더욱 만나고 싶어지는 사람,

나도 죽어 더욱 향기론 이름이 되고 싶다.

(1980)

128

겨울 햇볕은 떨어져 새로 움 나는 참게 발가락

불그레한 게 옴질옴질 눈물겹다.

겨울 햇볕은 구덩이에서 갓 파낸 무우 새순

노리끼리한 게 고물고물 눈물겹다.

(1980)

135

많은 걸 알지 않아도 부끄러움이 없고

여러 곳을 돌아보지 않아도 목마름이 없다면

얼마든지 고운 세상을 살 수 있는 일이다.

아무한테도 상처 받지 않고 비웃음 당하지 않고.

(1980)

170

가만히 방 안에 들어앉아 있어도

나는 안다, 네가 지금쯤 수틀을 잡거나

물동이 이고 우물터로 나오고 있다는 것을.

내 생각하느라 숲길에서 서성이고 있다는 것을.

(1980)

181

돌이나 닦으며 닦으며 한평생 살다 갔으면.

네 뜨거움과 슬픔이 남긴 돌,

지금도 속으로 여전히 뜨겁고 슬픈 돌,

돌이나 품으며 품으며 한세상 숨겨 갔으면.

(1980)

수선화

언 땅의 꽃밭을 파다가 문득
수선화 뿌리를 보고 놀란다.
어찌 수선화, 너희에게는 언 땅 속이
고대광실 등 뜨신 안방이었드란 말이냐!
하얗게 살아 서릿발이 엉켜있는 실뿌리며
붓 끝으로 뾰족이 내민 예쁜 촉.
봄을 우리가 만드는 줄 알았더니
역시 우리의 봄은 너희가 만드는 봄이었구나.
우리의 봄은 너희에게서 빌려 온 봄이었구나.

(1978)

산행

마음을 비우고 몸을 비우고
당신을 찾아가는 날에 관음보살님,
석련을 꺾어 드신 손이 이쁘고
벗은 발이 이쁘고 이뻐서
혼자만 슬프신 관음보살님,

당신은 벌써 비자나무 숲길에
한 마리 다람쥐 되어 나를 반기고 계셨습니다.
시냇물 되어 도글도글
조약돌을 굴리고 계셨습니다.

머리를 비우고 가슴을 비우고
당신을 찾아가던 날에 관음보살님,
당신은 이미 징검다리 돌길을 건너는
갈래머리 산처녀, 산처녀 되어
나의 앞길을 먼저 가고 계셨습니다.

(1977)

혼자서 · 1

하이얀 티셔츠 차림으로
미루나무 숲길에서 온종일 서성이고 싶은 날은
깊은 산골짜기 새로 돋은 신록 속에 앉아있어도
안개 자욱 개구리 울음소리 속에 앉아있어도
귀로는 연신
머언 바다 물결 소리를 듣는답니다.

아야, 아야, 아야, 아야,
산 너머 산 너머서
흰 구름 생겨나고 죽어가는 소리를 듣는답니다.

바다에는 지금
하얀 돛폭을 세워 떠나가는
돛단배가 한 척.

(1977)

유월은

유월은
네 눈동자 안에 내리는 빗방울처럼
화사한 네 목소릴 들려주셔요.

유월은
장미 가지 사이로 내리는 빗방울처럼
화안한 네 웃음 빛깔을 보여주셔요.

하늘 위엔 흰 구름 가슴속엔 무지개
너무 가까이 오지 마셔요.
그만큼 서 계셔도 숨소리가 들리는 걸요.

유월은
네 화려한 레이스 사이로 내다보이는 강변
쓸리는 갈대숲 갈대새 노래 삐릿삐릿……

유월은

네 받쳐 든 비닐우산 사이로 빙글빙글 돌아가는 하늘빛

비 개인 하늘빛 속살을 보여주셔요.

(1976)

가랑잎 잔

가랑잎에
술 따라 마시네,

가랑잎에
이슬 받아 마시네,

노을에 기대선
머언 실루엣.

시인
박용래.

(1976)

미루나무를 바라보는 마음

 야들야들 미루나무 속잎새 하나하나에 여린 햇빛이 와 부서지는 거, 여린 바람이 와 손바닥을 까부는 거, 이윽히 바라보아 아, 때때로 우리가 눈물 글썽여짐은, 눈물 글썽여짐은—

 저 눈부신 햇빛의 골목을 돌아서 저 푸르른 바람의 언덕을 넘어서 어디쯤, 우리의 착한 종종머리 소녀 심청이가, 밥 빌러 갔다가 밥도 얻지 못하고, 해 다 저물어 빈 바가지인 채로, 고개 숙여 아직도 돌아오고 있기 때문일레라. 필경은, 징검다리 건너다 발을 헛디뎌, 빠른 물살 여울목에 짚신 한 짝 빠뜨려 먹고, 한 짝 발은 벗은 그대로 훌쩍이며 훌쩍이며, 우리에게로 돌아오고만 있기 때문일레라.

 글쎄, 우리의 착한 심봉사 또한, 저만큼 딸을 찾아 자기 배고픈 건 미처 생각지 못하고, 쯧쯧 어린 것이 얼마나 배가 고플꼬? 혀를 차며 더듬더듬 지팡이로 더듬으며 마중 나오고 있기 때문일레라, 그러기 때문일레라.

(1976)

자목련 꽃 필 무렵

자목련 꽃 필 무렵 부는 바람은
연한 토끼풀꽃 내음과 쑥내음이
스며 있어서

오래 앓아누운 사람조차
마당으로 나와 서성이게 하고
오래 오지 않던 흰 구름도
그 마당가에 오게 하여
그 사람과 오랜만에 만나게 하고

깔깔깔 깔깔깔
열여섯 열일곱 그 또래의 계집애들
웃음소리도 조금은 숨어서 있다.

울 어머니 소싯적

대청마루 나와 앉아

수틀에 수를 놓고 계시던

반듯한 이마의 가리맛길도

약간은 바래져서 어리어 있다.

약간은 자부름에 겨워서 어리어 있다.

(1975)

석류꽃

이 꽃은
예로부터 고요하고 아름다운 동방의 나라
아침 이슬 냄새가 묻어나는 꽃.

이 꽃은
이 땅에 대대로 생겨나서
발뒤꿈치가 달걀처럼 이쁜 새댁들의
웃음소리가 들어 있는 꽃.

허물어진 돌덤불 가에 장독대 옆에
하늘나라의 촛불인 양 피어 선연히
그 며느리들을 대대로 내려가며
투기하는 이 땅의 시어머니들의
한숨소리도 들어 있는 꽃.

앞으로도 이 땅에서

끊이지 않고 생겨나서

발뒤꿈치가 달걀처럼 이쁠 새댁들의

웃음소리가 연이어 들어 있을 꽃.

연이어 들어 있을 꽃.

(1975)

홍시

이보
시악시,
백사기 대접에
잘람잘람 잘 익은
가을 하늘을 담아 드리리이까.
떠오르는 보름달을
그대 가슴에
심으리
이까.

(1975)

귀로

대숲에는
근친 갔다 돌아오는
새색시
사박걸음,

비단 치맛자락
슬리는 소리……

사람 없는 비인 산길에서
때 안 탄 노을만
고왔다, 내내.

문득
영근 풀씨처럼 쏟아지는
저녁 새소리…….

(1975)

산철쭉을 캐려고

산철쭉을 캐려고 새벽 아침
이내 자욱한 산길을 오르던 나의 시각에
그대는 단잠에 떨어져 있었을 것이다.
겨우 꿈속에서나
어디론지 가고 있는 나를 짐작해 보고 있었을 것이다.

봄 저수지 잉어 뛰는 소리에
한 귀를 팔면서
산철쭉을 캐 가지고 돌아오던 나의 시각에
그대는 겨우 잠에서 깨어
낭랑한 아침 새소리가 되어 있었을 것이다.

또, 내가 잠시 시장한 것도 참으면서

마당의 흙을 후비고

여러 꽃나무 옆에 새 꽃나무를 심고 있던 그 시각에

그대는 이제 세수를 마치고 아침 화장을 하면서

나를 기다리는 이슬이 되어 있었을 것이다.

어쩌면

벼랑 위에 위태로운

한 기도가 되어 있었을 것이다.

(1975)

성장지

여기는 동무들과 어울려 새 새끼를 잡아내던 그 대숲이요
여기는 상수리 줍던 그 황토흙의 언덕인데
장맛비에 고샅길은 형편없이 패이고
옛집은 헐리고
여기 있던 울타리는 없어지고
새로 생긴 상나무* 울타리 밑에
서울국화*만 만발 벌었다.

여기는 동무들과 어울려 감꽃을 줍던 그 감나무 밑이요
여기는 귀신이 나와 울었다는 그 무섭던 담모퉁인데
옛 동무 흩어지고
마을길은 넓혀지고
언제나 빈집 마루 끝에 놓여 있던 빛바랜 꽃가마 치워지고
고목이 다 된 감나무에 망대로 물렁감을 따는
떠꺼머리 총각은 낯선 아이다.

어쩌면 이렇게 누추하고 비좁은 마을이었을까 싶어

다시 한 번 둘러보는 옛 마을,

아직도 어디선가 어디 흙 속에선가

까맣게 숨었던 어린 옛 동무들의 목소리 들리는가 싶어

울타리 가에 잠자리 잡던 이슬의 손이

풀쑥풀쑥 나오는가 싶어

서성여지는 더딘 하루 가을날의 땅거미,

무지개를 좇던 실한 다리

신경통에 멍이 들어

이슬에 채이는 풀벌레 울음소리 등을 밀어

그만 돌아가자 하여 그만 돌아간다.

* 상나무 : 향나무. * 서울국화 : 과꽃.

(1974)

289

초행

뛰는 새가슴.
울렁임은 바다만큼.

눈과 얼음에 막힌
산악과 강하의 융동으로도
끝내 다스리지 못하는
그 바쬠임.
그 설레임.

기러길 앞세울까,
바람을 뒤딸릴까,

새각시
달로 별러 날을 잡아
첫 친정 가는 길.

벙긋이 가슴엔

초저녁 달이

톺아오른다.*

* 톺아오른다 : 샅샅이 뒤지면서 찾다.

(1974)

5월

벙그는 목련꽃송이 속에는
아, 아, 아, 아프게 벙그는 목련꽃송이 속에는
어느 핸가 가을 어스름
내가 버린 우레 소리 잠들어 있고
아, 아, 아, 굴뚝 모퉁이 서서 듣던
흰 구름 엉켜드는 아픈 소리
깃들어 있고
천년 전에 이 꽃의 전신前身을 보시던 이,
내게 하시는 말씀도 스며서 있다.

당신이 천년 전에 생겨나든지
제가 천년 후에 생겨나든지
둘 중에 하나가 되었다면
얼마나 좋았을까요……

시무룩하게 고개 숙인 옆얼굴까지 속눈썹까지

겹으로 으슥히 스며서 있다.

그늘 아래 샘물로 스며서 있다.

(1974)

새각시 구름

시방은 창밖에 흰 구름의 화장이
한창 신나는 하오 한때,

속눈썹 그리고
연둣빛 아이라인 그리고
옷고름 여미었다 다시 풀고
거울을 보고······

돌아서 계시라 하였잖아요?
들켜버린 부끄러움에 얼굴이 빨개져서
너무나 찬란한 당신의 눈매,
어지러워 어지러워 어지러워
햇빛 속에 살아 반짝이는 작은 비늘잎 하나!

흰 고무신 신겨 흰 버선 신겨
친정 보낼까, 새각시 구름.

(1974)

간호

새벽이면 자주 깨어 떨이하는 그대여,
새벽이면 자주 깨어 헛소리하는 그대여,
내 그대 옆 그대의 일등 보호자 자격으로 누워 있대손
대신 앓아 주지 못하는 안타까움만으로 애태워 본대손

어찌 그대가 지금 헤매고 있는
사하라 사막의 한낮이나 광막한 초원의 달밤 같은
아마존 하류의 늪지대나 아프리카의 밀림 속 같은
아득한 아득한 그대의 꿈길을
성한 내가 어찌 따라갈 수 있을 것인가?

다만 그대는 지금 죽어 가는 연습을 하고 있고
나는
죽어 가는 그대 옆에서 그대의 이름이나 부르고 있거나
시들어져 가는 그대의 뿌리에 물이나 뿌리고 있을 뿐,
그저 한 구경꾼이 아니던가 아니던가.

(1974)

땅거미

숙직하러 가는 길이다,
시절은 꽃철인데 바람은 목에 차고
나무들이 일제히 머리를 모은 서쪽 하늘가
구름 한 조각 쫓겨 나와 울고 있다.

버려진 헌 고무신짝인 양 울고 있다.
아이까지 셋 낳아 기르던 여자 나이 서른둘에
속아서 협의이혼하고 맨몸으로 쫓겨난
내 처형 같은 구름이다.

아닌 게 아니라 발밑에 채이는 이 땅거미는
쫓겨난 여자, 내 처형을 시방쯤
골목길에 서성이게 하는 어둠일 게다.

젖먹이 아이들 잊지 못하여

쫓겨난 집 대문간에서 발버둥치며 발버둥치며

빡빡하여 잘 나오지도 않는 딸꾹질 울음을 울게 하는

어둠일 게다.

한 떼의 모가지 잘린 어둠일 게다.

(1974)

하오

나를 바라보는 너의 눈은
흰 구름 빠져 노니는
두 채의 호수.

옷 벗은 흰 구름의 알몸
물에 시리어
더욱 파래진 하늘빛.
길 잃은 바람.

흰 구름도 살아서 숨을 쉰다,
뻐꾸기 울음 한나절 곱게 물매미 돈다,
—미로.

나를 바라보는 너의 눈은

작은 안경알 너머 파닥이는 파닥이는

피래미 피래미 피래미

피래미 떼 잠방대는 호면.

보얗게 찡그려 오는 미간.

비뚤어진 입술 고치려고 꺼내 든

동그랗고 쬐끄만 네 손거울.

거기,

잠깐잠깐 어리는

구름 그림자.

(1973)

겨울 흰 구름

아직은 떠나갈 곳이
쬐끔은 남아있을 듯싶어,
아직은 떠나온 길목들이
많이는 그립게 생각날 듯싶어,
초겨울 하늘 구름 바라 섰는 마음.

단발머리 시절엔
나 이담에 죽으면 꼭 흰 구름이 되어야지,
낱낱이 그늘 없는 흰 구름 되어
어디든 마음껏 떠다녀야지,
그게 더도 말고 단 하나의 꿈이었어요.
그렇게 흰 구름이 좋았던 거예요.

허나, 이제 남의 아내 되어

무릎도 시리고 어깨도 아프다는 그대여.

어찌노?

이렇게 함께 서서 걸어도

그냥 섭섭한 우리는 흰 구름인 걸,

그냥 멀기만 한 그대는

안쓰러운 내 처녀, 겨울 흰 구름인 걸…….

(1972)

잡목림 사이

봉지 안 쓴 배들이 익어 가는 배밭 너머
쏘내기에 씻겨진 하늘,
흰 구름 떼 달려와 비늘을 털고
자작나무, 물푸레나무, 떡갈나무 같은 것들
서둘러 옷 벗고 나서는 곳.

오너라,
니 작은 어깨 움츠러뜨리고
아까부터 문턱에서 성가시게 조르던
아이야.
생채기진 무르팍 맥시풍의 긴 치마로 가리우고
치렁치렁 잡목림 사이
또 하나 새로운 나무가 되어.

또 하나 싱그런 구름이 되어.

우리의 구겨진 약속이 떨어져 있는 거기,

우리의 철없던 눈물의 찌꺼기 스며 있는 거기,

아아, 우리의 달뜨던 숨소리

우리의 가슴 떨리던 기쁨의 나날들

나란히 나란히 팔베개로 누워 죽은 거기로.

(1972)

보리추위

싸리꽃 필 때 오동꽃 필 때
오슬오슬 살로 오는
살추위.

싸리꽃 분홍에 얹혀
오동꽃 보라에 얹혀
살살살 살을 파는 살추위.

고구려에 사시던 임이
예서 이렇게 나[我]와 이 아침
러닝셔츠 바람으로 만나라고
일찍이 맞추어 보내신
이만큼의 살떨림 한 떼.

지금도 고구려의 하늘에 사시는

나어린 내 임이

자네 그 동안 강녕하신가,

멀리 물어오시는 안후.

보리모개 팰 때 보리누름에 실려

쑥꾹새 울음 울 때 쑥꾹새 울음 속에 고개를 넘어

오슬오슬 살로 오는 살추위

얌전하디얌전한 보리추위 한 떼여.

(1972)

신과원

1

하나님은 이곳에
개심형으로 혹은 원추형으로
그이의 몸을 푸시고 나서
튼실한 머슴이 되어
커다란 전지가위를 들고 나와
늦가을날 한낮을 전지도 하시고
똥지게로 인분을 퍼다가
이른 봄 밑거름을 주기도 하신다.

2

하나님은 또 이곳에 오셔서
여름 아침 햇살 퍼지기 전
발가벗은 동자가 되어
키들거리며 나무 밑을 걸어 다니다가
그만 바람에 들켜버린 알몸뚱이가 부끄러워
나뭇가지 위로 도망가선

나뭇잎 사이 잘 익은 사과알 속에
숨어버리기도 하신다.

3
이곳에서의 나의 하나님은
장난도 곧잘 하는 애기 하나님이시다.
나뭇가지에 그네를 매달고 나뭇가지를 흔들기도 하고
멀쩡한 과일을 툭툭 건드려 떨어뜨리기도 하고
아침에 갈아입은 옷 어느 골목에 가서
뉘 집 애들과 어울려 물장난을 했는지
흙투성이로 후질러 가지고
어실어실 울며 돌아오기도 하는,
또 금방 기분이 좋으면 나뭇잎 사이에 숨어
'바람아, 나 찾아봐라'
살랑살랑 나뭇잎을 흔들어 보이기도 하는,
나의 하나님은 장난꾸러기 애기 하나님이시다.

(1972)

매미 소리

쏘내기 맞고 오는
한산세모시
치마저고리.
가는 눈썹이 곱던 어린 시절의 내 어머니.

베를 짜고 계셨다,
호박넌출 기웃대는 되창문 열고
어쩌면 하이얀 그림이나처럼.
땀도 흘리고 숨도 쉬는 꽃송이나처럼.

아버지 군대 가시고
남겨진 우리 네 남매
보리밥도 없어 서로 많이 먹으려다 다투고
어머니한테 들켜 큰놈부터 차례로 매 맞아
시무룩이 베틀 아래 놀고 있는 한낮,

무성히 자라난 여름 수풀 속
그해따라 유난히 무성하던 매미 소리여.
울다만 눈으로 바라보던
옷 벗은 흰 구름의 알몸뚱이들이라니!

(1972)

아침 · 1

1
밤마다 너는
별이 되어 하늘 끝까지 올라갔다가
밤마다 너는
구름이 되어 어둠에 막혀 되돌아오고

그러다 그러다
그 여히
털끝 하나 움쩍 못 할 햇무리 안에
갇혀버린 네 눈물자죽만,

보라! 이 아침
땅 위에 꽃밭을 이룬
시퍼런 저승의 입설들.

2

끝없이 찾아 헤매다 지친 자여.

그대의 믿음이 끝내 헛되었음을 알았을 때
그대는 비로소 한 떼의
그대가 버린 눈물과 만나게 되리라.

아직도 귀엽고 사랑스러운
아직은 이루어져야 할
언젠가 버린 그대의 약속들과 만나리라.

자칫 잡았다 놓친
그날의 그 따스한 악수와
다시 오솔길에 서리라.

(1971)

달밤

어수룩이 숙여진 무논 바닥에
외딴집 호롱불 깜박이는
산이 내리고

소나기처럼 우는
개구리울음에
물에 뜬 달이 그만 바스라지다.

달밤.

안개는 피어서 꿈으로 가나,
물에 절은 쌍꺼풀눈
설운 네 손톱을,

한 짝은 어디 두고

홀로이 와서

입 안에 집어넣고 자근자근 씹어주고 싶은

네 아랫입술 한 짝을,

눈물 아슴아슴

돌아오는 길.

어디서 아득히 밤뻐꾸기 한 마리

울다 말다 저 혼자도 지치다.

나 혼자 이슬에 젖는 어느 밤.

(1971)

3월의 새

3월에 우는 새는 새가 아닙니다.
나뭇가지 끝에 걸린
그것들은 나무의 열매들입니다.
이 가지 저 가지로 옮겨 앉으며
울 줄도 아는 열매들입니다.

시방 새들의 성대는
부글부글 햇살을 끓이고 있고
햇살은 새들의 몸뚱이에 닿자마자
이슬방울이 되어 퉁겨납니다.
새들의 울음소리에 하늘은 모음으로 짜개집니다.

보셔요,

우물터에 앉아 겨울 내복을 헹구는

누이의 눈을.

눈물 번지는 벌판에 타오르는 아지랑이

그 아지랑이 속을 솟아오르는 누이 눈 속의 종달새 한 마리를……

3월에 우는 새는 새가 아닙니다.

나뭇가지 끝에 걸린

울 줄도 알고 날 줄도 아는

그것들은 벌써

우리 마음속에 그려진 하나의 과일들입니다.

(1971)

과원

이곳은 제일로 겸허하고 손이 크신
하나님의 나라이시다.
빛나며 흐르는 그 분의
융릉한 강물이 차지한 유역이다.
제일로 지순한 눈빛을 가진 태양들이
익어가는 뜨락이다.

자갈밭으로부터
예쁜 계집애의
잠든 눈썹 아래 호숫물을 수없이 밀어 올리고,
부끄러운 손 아래 붉은 것들을 익게 하시고,

해서, 그 잘 익은 눈매들은 땅 위에
수없이 많은 태양으로 반짝이기도 하고
하얀 시이트 위 창백한 천사의
시든 눈빛도 소생시킨다.

물론 이곳은
울퉁불퉁한 나무들의 마을이지만
지극히 겸허한 하느님의 손이 다스리는 나라이시다.
또한 겸허한 천사들이 눈을 트기도 하고
죽어가기도 하는 곳이다.

(1971)

내 고향은

내 고향은
산, 산,
그리고 쪽박샘에
늙은 소나무,
소나무 그림자.

눈이 와
눈이 쌓여
장끼는 배고파
까투리를 거느려
마을로 내리고

눈 녹은 마당에서
듣는
솔바람 소리.

부엌에서 뒤란에서
저녁 늦게 들려오는
어머니 목소리.

(1971)

봄바다

모락모락 입덧이 났나베.
별로 이쁘진 않았어도
내게는 참 이쁘기만 했던 그녀가
감쪽같이 딴 사내에게 시집 가
기맥힌 솜씨로 첫애기를 배어,
보름달만한 배를 쓸어안고
입덧이 났나베.
잡초 같은 식욕에 군침이 돌아
돌아앉아 자꾸만 신 것이 먹고 싶나베.

깊이 모를 어둠에서 등돌려 돌아오는
빛살을 바라보다가
희디흰 바다의 속살에 눈이 멀어서
그만 눈이 멀어서
자꾸만 헛던지는 헛낚시에
헛걸려 나오는 헛구역질, 헛구역질아.

첫애기를 밴 내 그녀가
항만 해진 아랫배를 쓸어안고
맨살이 드러난 부끄럼도 잊은 채
어지럼병이 났나베.

착하디착한 황소눈에
번지르르 눈물만 갓돌아서
울컥울컥 드디어 신 것이 먹고 싶나베,
홉살이* 간 내 그녀가.

(1971)

* 홉살이 : '후살이'의 방언.

솔바람 소리

내 예닐곱 살 무렵
책 보퉁이 둘러메고
학굣길 오고 가며
소나무 아래 와서 듣던
그 소나무 솔잎에 부서지던
솔바람 소리.

오늘, 어른이 되어
고향에 들른 짬에
다시 와서 들으니
그제 이제 하낫도 변한 것 없는 목청으로
여전히 단군왕검 시절의
태백산맥 줄기를 가로지르던
그 소리 그대로 살아 있음을 듣고
천년 하고도 한 오천 년쯤은
너끈히 살아갈 수 있는
질긴 목숨을 생각한다.

지금도 병풍 속에 앉았다
마악 눈을 털고 날아온
학이 한 마리,
눈 덮인 산하를 가로지르는
그 날갯짓 소리 그대로
하낫도 목쉬거나 녹슬지 않게
살아 있음을 듣게 된다.

(1970)

헤진 사람아

사람아, 헤진 사람아.

너는 아침에 일어나 어지러운 잠 깨어
문을 열고
밤사이 새로 꽃 핀 꽃밭을
바라보는 나의 잠시.
꽃잎에 고인 이슬방울들.

집 없이 헤매던 어둔 골목길에서
문득 멈추어 서서 바라보는
치렁치렁 밤하늘의 별무리 한 두름.
그것에 모은 나의 눈동자.

사람아, 헤진 사람아.

너는 램프를 밝히고
책을 읽다가
문득 등피에서 만나는 얼굴.
근심스레 숙여진 뽀오얀 이마.
도톰한 귓밥.

사람아, 헤진 사람아.

너와 나와 같은 세상에
같은 하늘을 이고 살아가고 있음만을
감사, 감사하는 나의 이 시간.
네게서 출발해서
숨결 불어오드키 하는
푸르른 바람 한 줄기 속의 이 약속.

(1970)

들국화

객기 죄다 제하고
고향 등성이에 와
비로소 고른 숨 골라 쉬며
심심하면
초가집 이엉 위에 드러누워 빨가벗은
박덩이의 배꼽이나 들여다보며
웅얼대는 창자 속 핏덩일랑
아예 말간 이슬로 쓸어버리고
그렇지!
시장기 하나로
시장기 하나로
귀 떨어진 물소리나
마음 앓아 들으며
돌아앉아 후미진 산모롱이쯤
내가 우러러도 좋은
이 작은 하늘, 이 작은 하늘아.

(1970)

나태주羅泰柱 문학연보

1945년	3월 17일(음력 2월 4일) 외가(충남 서천군 시초면 초현리 111번지)에서 출생 (아버지 나승복 님, 어머니 김경애 님), 이후 외가와 친가(서천군 기산면 막동리 24번지)를 오가며 성장
1957년	시초국민학교 졸업
1960년	서천중학교 졸업
1962년	공주사범학교 3학년 때 중도일보에 시「戀歌抄」발표, 공주문화원 주최 한글날 기념 백일장에서 차원 입상
1963년	공주사범학교 졸업
1964년	사범학교 동급생이었던 김동현(구명 김기종, 시인이며 변호사)과 2인 동인지 〈구름에게 바람에게〉 1집 출간(프린트판), 경기도 연천군 군남국민학교 교사 초임발령
1965년	〈구름에게 바람에게〉 2집 출간
1966년	육군 사병 입대
1968년	주월비둘기부대 사병으로 근무 중 전우신문에「남국의 태양」등 몇 편의 시 발표
1969년	육군 만기제대, 경기도 연천군 전곡국민학교 교사로 복직(1년)
1970년	고향 서천군 마서면 서남국민학교로 전보(1년)
1971년	시「대숲 아래서」로 서울신문 신춘문예 당선(심사 박목월, 박남수 선생), 월기국민학교 교사(3년 6개월)
1972년	〈새여울〉 동인 활동 시작
1973년	제1시집『대숲 아래서』(서울:예문관) 출간, 박목월 선생 주례로 김성예와 혼인
1975년	장항중앙국민학교 교사(1년)
1976년	마산국민학교 교사(3년)
1977년	제2시집『누님의 가을』(대전:창학사) 출간, 아들 병윤(4월 15일) 출생
1979년	구재기, 권선옥과의 3인시집『母音』(대전:창학사) 출간, 제3회 흙의문학상 수상(본상, 수상작 연작시「막동리 소묘」, 한국문예진흥원), 공주교육대학 부속국민학교 교사(6년), 딸 민애(6월 26일) 출생
1980년	제3시집『막동리 소묘』(서울:일지사) 출간

1981년	산문집 『대숲에 어리는 별빛』(서울:열쇠사), 제4시집 『사랑이여 조그만 사랑이여』(서울:일지사) 출간
1983년	제5시집 『변방』(대전:신문학사), 제6시집 『구름이여 꿈꾸는 구름이여』(서울:일지사) 출간
1984년	산문집 『절망, 그 검은 꽃송이』(서울:오상사), 동시집 『외할머니』(대전:신문학사) 출간
1985년	제7시집 『굴뚝각시』(서울:오상사), 제8시집 『사랑하는 마음 내게 있어도』(서울:일지사) 출간, 한국방송통신대학 초등교육과 졸업, 공주 호계국민학교 교사(4년)
1986년	제9시집 『목숨의 비늘 하나』(서울:영언문화사), 제10시집 『아버지를 찾습니다』(서울:정음사) 출간
1987년	제11시집 『그대 지키는 나의 등불』(서울:고려원), 합본시집 『젊은 날의 사랑아』(서울:청하) 출간
1988년	선시집 『빈손의 노래』(서울:문학사상사) 출간, 제32회 충청남도문화상(충청남도) 수상, 충남대학교 교육대학원 졸업(교육학석사)
1989년	제12시집 『추억이 손짓하거든』(서울:일지사) 출간, 충남 청양군 문성국민학교 교감 승진(1년)
1990년	제13시집 『딸을 위하여』(대전:대교), 제14시집 『두 마리 학과 같이』(서울:진솔) 출간, 충남교원연수원 장학사 전직(5년)
1991년	제15시집 『훔쳐보는 얼굴이 더 아름답다』(서울:일지사), 제16시집 『눈물난다』(서울:전원), 100인 시선집 『추억의 묶음』(서울:미래사) 출간
1992년	선시집 『네 생각 하나로 날이 저문다』(서울:혜진서관), 선시집 『손바닥에 쓴 서정시』(대전:분지) 출간
1993년	충남문인협회 회장(2년)
1994년	제17시집 『지는 해가 눈에 부시다』(서울:현음사), 제18시집 『나는 파리에 가서도 향수를 사지 않았다』(대전:분지) 출간
1995년	제19시집 『천지여 천지여』(대전:분지) 출간, 〈금강시마을〉 회원 활동 시작, 논산 호암국민학교 교감 복귀(4년 6개월)
1996년	제20시집 『풀잎 속 작은 길』(서울:고려원) 출간
1997년	산문집 『추억이 말하게 하라』(대전:분지) 출간, 제2회 현대불교문학상(현대불교문인협회) 수상
1999년	시화집 『사랑하는 마음 내게 있어도』(서울:혜화당), 산문집 『외할머니랑 소쩍새랑』(대전:문시) 출간, 공주 왕흥초등학교 교장 승진(1년)

2000년	제21시집 『슬픔에 손목 잡혀』(서울:시와시학사), 선시집 3권 『슬픈 젊은 날』 『나의 등불도 애닯다』 『하늘의 서쪽』(서울:토우), 산문집 『쓸쓸한 서정시인』 (대전:분지) 출간, 〈불교문예〉 편집주간으로 위촉, 제2회 박용래문학상(수상시집 『슬픔에 손목 잡혀』, 대전일보사) 수상, 공주 상서초등학교 교장(4년)
2001년	제22시집 『섬을 건너다보는 자리』(서울:푸른사상사) 출간, 공주녹색연합 선임 (2년간), 이성선, 송수권과의 3인시집 『별 아래 잠든 시인』(서울:문학사상사) 출간
2002년	제23시집 『산촌엽서』(서울:문학사상사), 산문집 『시골사람, 시골선생님』(서울:동학사) 출간, 공주문인협회 회장(2년), 격월간 시잡지 〈시를 사랑하는 사람들〉 공동주간으로 위촉, 제7회 시와시학상(작품상, 시와시학사), 제2회 대한민국향토문학상(광주) 수상
2004년	동화집 『외톨이』(서울:계수나무), 회갑기념문집 『나태주의 시세계』(대전:분지), 『나태주 시인앨범』(대전:문경) 출간, 제14회 편운문학상(본상) 수상, 공주 장기초등학교 교장(3년)
2005년	제24시집 『이 세상 모든 사랑』(서울:일지사), 제25시집 『쪼끔은 보랏빛으로 물들 때』(서울:시학사), 산문집 『아내와 여자』(서울:푸른사상사) 출간
2006년	제26시집 시집 『물고기와 만나다』(서울:문학의전당), 시선집 『오늘도 그대는 멀리 있다』(서울:고요아침), 시선집 『이야기가 있는 시집』(서울:푸른길), 『나태주 시 전집』(전 4권, 서울:고요아침) 출간
2007년	제27시집 『새가 되어 꽃이 되어』(서울:문학사상사) 출간, 충남시인협회 회장 (2년), 한국시인협회 심의위원장(2년), 6개월간 대전을지대병원과 서울아산병원에서 투병(병명은 담즙성 범발성 복막염과 급성췌장염), 공주 장기초등학교에서 43년 교직 정년퇴임(황조근정 훈장 수훈)
2008년	시집 제28시집 『눈부신 속살』(서울:시학사), 산문집 『꽃을 던지다』(서울:고요아침), 산문집 『공주, 멀리서도 보이는 풍경』(서울:푸른길) 출간
2009년	시화집 시집 『너도 그렇다』(대전:종려나무), 육필시집 『오늘도 그대는 멀리 있다』(서울:지만지), 시선집 『오늘의 약속』(대전:분지), 사진시집 『비단강을 건너다』(김혜식 사진, 서울:푸른길) 출간, 제41회 한국시인협회상 (시집 『눈부신 속살』) 수상, 공주문화원장 당선(4년)
2010년	제29시집 『시인들 나라』(서울:서정시학), 한지활판시집 『지상에서의 며칠』(파주:시월), 산문집 『돌아갈 수 없기에 그리운 보랏빛』(서울:푸른길), 산문집 『풀꽃과 놀다』(서울:푸른길), 공주문화원총서 『공주를 사랑한 문화예술인들』(서울:푸른길) 출간
2011년	제30시집 『별이 있었네』(서울:토담미디어) 출간

2012년	제31시집 『너를 보았다』(대전:종려나무), 제32시집 『황홀극치』(서울:지식산업사), 산문집 『시를 찾아 떠나다』(서울:푸른길), 사진시집 『계룡산을 훔치다』(서울:푸른길) 출간
2013년	제33시집 『세상을 껴안다』(대전:지혜), 사진시집 『풀꽃 향기 한 줌』(김혜식 사진, 서울:푸른길), 100인 시선집 『멀리서 빈다』(서울:시인생각), 산문집 『사랑은 언제나 서툴다』(서울:토담미디어), 시선집 『사랑, 거짓말』(서울:푸른길), 복간시집 『대숲 아래서』(대전:지혜) 출간, 제24회 고운문화상(수원대학교), 2013년 자랑스런 충남인상(충청남도) 수상, 공주문화원장 재선(4년)
2014년	제34시집 『자전거를 타고 가다가』(서울:푸른길), 제35시집 『돌아오는 길』(서울:푸른길), 시선집 『울지 마라 아내여』(서울:푸른길), 시선집 『풀꽃』(대전:지혜), 복간시집 『누님의 가을』(대전:지혜), 산문집 『날마다 이 세상 첫날처럼』(서울:푸른길), 영역시집 『지상에서의 며칠』(최영의 번역, 서울:푸른길), 시화집 『선물』(윤문영 그림, 서울:푸른길), 윤문영 글과 그림 동화집 『풀꽃』(서울:계수나무) 출간, 제26회 정지용문학상(수상시집 『세상을 껴안다』, 지용회) 수상, 공주시청 도움으로 공주풀꽃문학관 개관하고 제1회 풀꽃문학상 시상(수상자 윤효 시인), 충남문화원연합회장 당선(3년)
2015년	제36시집 『한들한들』(서울:밥북), 시선집 『꽃을 보듯 너를 본다』(대전:지혜), 일역시집 『사랑하는 마음 내게 있어도』(서승주 번역, 서울:푸른길), 사진시집 『공주사람이 그리운 공주』(대전:문화의힘), 시선집 『지금도 네가 보고 싶다』(서울:푸른길), 시화집 『오래 보아야 예쁘다 너도 그렇다』(한아롱 그림, 서울:RH코리아), 산문집 『꿈꾸는 시인』(서울:푸른길) 출간, 제12회 웅진문화상(공주시) 수상, 제2회 풀꽃문학상 시상(본상 이재무 시인, 젊은시인상 안현심 시인)
2016년	제37시집 『꽃장엄』(서울:천년의시작), 시선집 『시, 마당을 쓸었습니다』(서울:푸른길), 시선집 『별처럼 꽃처럼』(서울:푸른길), 복간시집 『사랑이여 조그만 사랑이여』(대전:지혜), 산문집 『죽기 전에 시 한 편 쓰고 싶다』(서울:리오북스) 출간, 제3회 풀꽃문학상 시상(본상 김수복 시인, 젊은시인상 류지남 시인), 제24회 공초문학상(작품 『돌멩이』, 서울신문사) 수상
2017년	제38시집 『틀렸다』(대전:지혜), 『나태주 대표시 선집: 이제 너 없이도 너를 좋아할 수 있다』(서울:푸른길), 시화집 『가장 예쁜 생각을 너에게 주고 싶다』(강라은 그림, 서울:RH코리아), 아포리즘 『기죽지 말고 살아 봐』(서울:푸른길), 포토에세이 『풍경이 풍경에게』(서울:푸른길) 출간, 제15회 유심작품상(작품 『어린아이』, 만해사상실천선양회) 수상, 제13회 김삿갓문학상(수상시집 『틀렸다』, 영월문화재단)

1964년 여름, 윤아중 선생을 모시고 김동현과

1969년 가을, 교직에 복직하고 나서 가을 소풍날

1973년 10월 21일, 박목월 선생을 주례로 모시고 결혼식을 마치고 고향집 마당에서

1975년, 시협세미나를 마치고 경주 불국사에서

1988년, 충남문화상 수상식장에서 가족과

1996년 8월 8일, 백담사 마루에서 여러 문인들과(가운데 소오헌 스님)

2014년 11월 21일, 제1회 풀꽃문학상 시상식이 있던 날, 공주풀꽃문학관에서

2014년 9월 29일, 공주문화원 행사장에서 직원들과

2015년 7월, 중국여행 길 돈황 막고굴 앞에서 아내와

2016년 12월 12일, 공주풀꽃문학관 뜨락에 시비 세우던 날

나태주 대표시 선집
걱정은 내 몫이고 사랑은 네 차지

초판 1쇄 발행 2017년 9월 8일
초판 6쇄 발행 2023년 12월 15일

지은이   나태주
펴낸이   김선기
펴낸곳   (주)푸른길
출판등록   1996년 4월 12일 제16-1292호
주소   (08377) 서울시 구로구 디지털로 33길 48 대륭포스트타워 7차 1008호
전화   02-523-2907, 6942-9570~2
팩스   02-523-2951
이메일   purungilbook@naver.com
홈페이지   www.purungil.co.kr

ISBN   978-89-6291-424-5   03810

ⓒ 나태주, 2017